二魚文化

臺灣詩選

The Best Taiwanese Poetry,
2016

主編／焦桐

編輯委員／白靈、向陽、陳義芝、蕭蕭

CONTENTS

2016 臺灣詩選選目

2016「年度詩選」讚辭
得獎人：隱匿

　　隱匿愛貓，自稱「貓奴」，在淡水經營書店，過日子。日子似乎過得安靜，內向，不太參與外界的活動。她的詩很安靜，內斂，予人真誠感，好像還帶著憂鬱的性格，和潔癖；作詩的潔癖，遠離流俗的腔調；宗教般的安靜內斂中，搬演著動人心弦的劇情。

　　隱匿的詩藝擅用對比，從容遊走在抽象與具象之間，她的詩呼喚自然，有一種溫柔的特質，卻不乏怒目批判，總是以分行書寫叩問生命處境，和宇宙的奧義。其文字簡練，寫景生動，抒情細膩，有效寓情於景。技法成熟而準確，無論隱喻，象徵，皆自細微處表現美，悟境，和深情。

年度詩選編輯委員會

2016 臺灣「年度詩獎」得獎感言
寫詩與得獎是兩回事

我寫詩大約十六年。在這之前，只能說是行屍走肉，永遠在自我懷疑，永遠感覺自己是降生於錯誤的星球之上。然而，等到我經歷過足夠多的挫敗，終於學會放下過去種種，這時，詩出現在我的眼前。我感覺自己就像一個錯字，被詩校對出來。從此，在宇宙這本大書上，有了屬於自己的，一個字（波赫士語）。在詩之後，我才知道活著是什麼滋味。

十六年之間，我從未放棄過寫詩，因為，詩是救命的欄杆（辛波絲卡語），詩也是享樂（木心語），它帶給我的快樂，沒有其他事物能夠超越。只是我的詩風隨著年紀增長，逐漸改變。過去我常作驚人語，試圖跨出詩的框架，然而，十六年後的現在，我只想真正理解自我的限制，因為我相信，限制是上天賜予的恩典（西蒙娜‧薇依語），而唯有理解限制之所在，才可能得到真正的自由。

至於得獎，我從未想過，所以接獲通知時，非常震驚與意外！早些年我曾參加過文學獎，因為當時自己開的書店面臨經濟困境，我以為獎金或可挽救書店危機？失敗以後，我也就失去耐心，不再參賽了，心裡也認定自己與得獎無緣。

只是寫詩是另一回事，詩早已成為生活的日常。我也習慣了，每當寫好一首詩，就投給副刊。因為開書店的這十年，我一直是無薪階級，所以稿費是我的生活費，對我很重要。意外的是，這居然成了得

獎的機會。另一個意外則是，我和幾位評審老師素無往來，最多也只
有一面之緣，但他們卻願意將這個獎頒給我，很感謝他們！

詩 作
poetry

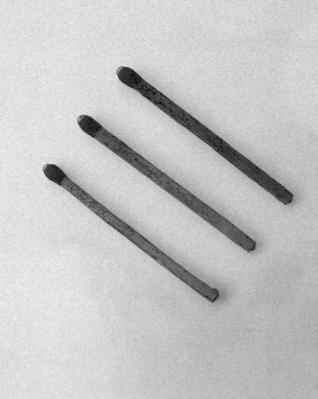

一個老人　爲我跳舞

蘇紹連

他拾獲一個沉沒的聲音
放給我聽

那是我的聲音
划動了
一艘艘掛著的笑容

他把我的聲音編成曲子
把他的回憶捲成
許多旋律

他張開自己而飄浮
轉了一圈又一圈
繞著我跳舞

不遠是死亡
看著我們

他停下來
和我一起向著死亡微笑

《中國時報》人間副刊 2016 年 1 月 8 日

▌ 詩人自述

　　蘇紹連，1949 年 12 月生。「臺灣詩學」詩社同仁，主編《吹鼓吹詩論壇》詩刊。著有《童話遊行》、《驚心散文詩》、《隱形或者變形》、《散文詩自白書》、《少年詩人夢》、《時間的影像》、《時間的背景》、《時間的零件》、《鏡頭回眸—攝影與詩的思維》等詩書。

▌ 關於本詩

　　臺灣人口少子化，當年輕人消失以後，變成只有老人的時代，能看見的，也只有老人對老人的關愛。

一萬光年之外

楊渡

1

總是追尋，在夢的轉角；

總是徬徨，在愛的邊緣；

總是迷失，在妳的顧盼之間；

總是猶豫，不知該抵達或者走得更遠。

每一次都想問一問：

這世界有沒有一片，

沉靜的草原？

每一次都想抱一抱，

這世界有沒有一個人，

為我多停留一天？

每一個孤獨的夜晚，

我看見自己的心

像一千尺的長絲，

劃過黑暗的天際線，

在一萬光年之外，

在沉靜的湖泊，

悄悄滴落，

如一顆失去重量的水珠子。

2

每一滴孤獨的水珠子
滴落
激起一層層波紋，
一千層，一萬層。
思念追逐著思念，
夢想追逐著夢想，
愛人追尋著愛人，
跌跌盪盪，在旅途上。
直到，夜沉得更深，
風都停了，天地無聲，
魚都睡了，沒人歸來
湖都靜了，月光冷凝。
你終於看見，
月亮掛得那麼高，
星星閃得那麼遠，
天幕藍得那麼乾淨，
大地睡得那麼安穩，
每一朵花都是世界的唯一，
每一次凝視，都是最後的纏綿。
在一萬光年之外，
你已融合，在湖之心，
不再升起，也不會滴落。
不曾存在，也不曾消失過。
你望著天地，
天地望著你，
倒影中的倒影，
鏡中之鏡，
你曾存在
或者不曾存在，

晶瑩的眼睛
一滴透明的水珠子。

《聯合報》聯合副刊 2016 年 1 月 10 日

▌ 詩人自述

詩人、作家。曾任《中國時報》副總主筆、《中時晚報》總主筆、輔
仁大學講師,中華文化總會祕書長,現從事寫作。

著有詩集《南方》、《刺客的歌:楊渡長詩選》、《下一個世紀的星
辰》,散文集《三兩個朋友》、《暗夜裡的傳燈人》,報導文學《民間的
力量》、《強控制解體》,傳記《紅雲:嚴秀峰傳》、《簡吉:臺灣農民
運動史詩》,長篇小說《水田裡的媽媽》等。大陸三聯書店 2016 年出版
《一百年漂泊》。

▌ 關於本詩

請再輕聲讀一次這首詩。

老婆

黃梵

我可以談論別人，卻無法談論老婆
她的優點和缺點，就如同我的左眼和右眼——
我閉上哪一隻，都無法看清世界

她的青春，已從臉上撤入我的夢中
她高跟鞋的叩響，已停在她骨折的石膏裡
她依舊有一副玉嗓子
但時常盤旋成，孩子作業上空的雷霆

我們的煩惱，時常也像情愛一樣綿長
你見過，樹上兩片靠不攏的葉子
彼此搖頭致意嗎？只要一方出門
那兩片葉子就是我們

有時，她也動用恨
就像在廚房裡動用鹽——
一撮鹽，能讓清湯寡水變成美味
食物被鹽醃過，才能放得更長久

我可以談論別人，卻無法談論老婆
就像牙齒無法談論舌頭
一不小心，舌頭就被牙齒的恨弄傷

但舌頭的恨，像愛一樣，永遠溫柔

《聯合報》聯合副刊 2016 年 1 月 14 日

▌ 詩人自述

　　黃梵，1963 年生，湖北黃岡人。詩人、小說家、副教授。已出版《浮色》、《第十一誡》、《南京哀歌》、《等待青春消失》、《女校先生》、《中國走徒》等。長篇小說處女作《第十一誡》在新浪讀書原創連載時，點擊率超過 300 萬，被網路推重為文革後最值得青年關注的兩部小說之一。〈中年〉入選《新詩百年百首》。詩歌在臺灣廣受關注，被聯合報副刊主編稱為近年在臺灣最有讀者緣的大陸詩人。獲作家金短篇小說獎、北京文學獎詩歌獎、漢語雙年詩歌獎、金陵文學獎詩歌獎、後天雙年度文化藝術獎小說獎、美國露斯基金會詩歌獎金等，作品被譯成英、德、意、希臘、韓、法、日、波斯等文字。

▌ 關於本詩

　　這是我寫的《萬物志》中的一首。近年我致力於寫清晰又有意味的詩，這首詩似乎做到了，得到兩岸諸多讀者的喜愛。

在東引

曾琮琇

我走過中柳村的東引國民中小學
那裡是小劉梅玉自北澳翻過
山頭，讀書、識字、跳房子的地方
便利商店在隔壁
的隔壁，結賬的隊伍裡
也有許多身著軍裝的兵卒
他們都有一張
多霧的臉

九月的下午走過我。早秋的陽光
為錯落的花崗石牆貼上金箔
我沿著長萼瞿麥蜿蜒
而上，不遠處的澳口
是漁船還是軍艦？
漸漸駛離我
視線的航道
一隻黑斑貓在屋頂上睡著了
一個旅人從牠身旁走過

我推開一扇虛掩的木門
這座石屋與它的主人
似乎經歷等量的風霜

我問：「東湧燈塔怎麼走？」
汝從何處來啊他回問
或許是風的緣故
我們的手指比畫著
相同的遠方

我抵達東湧燈塔
走上去，拍照，打卡
然後從烈女義坑
走回來。再過去
聽說是火葬場

《自由時報》自由副刊 2016 年 1 月 20 日

▍詩人自述

　　現任科技部人社中心博士後研究員，清華大學中國文學系博士。著有
詩集《陌生地》（2003）、詩論《臺灣當代遊戲詩論》（2009），博士論
文《漢語十四行詩研究》。

▍關於本詩

　　這首詩是赴馬祖參加「東引詩歌節」所作。詩歌節期間既定節目之
外，我帶著單眼相機在島上閒閒散步，偶有士兵，村民和島貓擦肩，漁船
與軍艦逡巡，除此之外，靜僻而溫暖。如果有所謂詩的原鄉，於我，應該
就是這裡了。

遺忘
——爲抗戰青年空軍而作

羅青

子彈用盡
油料用盡
飛行時數
更是早已用盡
在我用盡全力

對準敵機
俯衝對撞的
刹那——

我清楚的看到
國家領袖長官們
在隆重的追悼會後
把我歸檔遺忘

戰友同學兄弟們
在打碎一排空酒瓶後
與我一起酩酊
大醉遺忘

摯愛至親好友們
在尖銳苦痛的煉獄裡
抱著我翻滾
煎熬遺忘

鄉親同志同胞們
在清理發黃舊報紙
與小販討價還價時
把我遺棄遺忘

就在這鋁光電火的瞬間
背負層層遺忘
連同自己對自己
遺忘的遺忘

一起拚命衝向
一張錯愕驚恐的扭曲嘴臉
一聲巨大無比的空中爆炸
一團火紅的──驚嘆號！

讓兇狠又殘暴的侵略者
及其身後
怯懦又陰險的幫兇們
永難遺忘

《聯合報》聯合副刊 2016 年 1 月 20 日

▌詩人自述

　　羅青曾任國立臺灣師範大學英語系所、美術系所及翻研所教授，並任中國語言文化中心主任、東大書局滄海美術叢書主編；又曾任明道大學英語系主任、藝術中心主任。詩作有英、法、德、義、荷、西、捷、日、韓、瑞典……等十四國譯文出版，獲臺北第一屆現代詩創作獎、鹿特丹國際詩獎……等國內外大獎多次。畫作被大英博物館、國立臺灣美術館、北京中國美術館、美國聖路易美術館、柏林國家美術館收藏。

▌關於本詩

　　日本 1895 年侵占殖民臺灣、1904 年在東北發動日俄戰爭、1931 年侵占操控東北、1937 年發動全面侵華戰爭，造成人類史上罕見的長期大浩劫。如今，浩劫餘生者，幾乎凋零盡淨，而深刻記錄反映並反省此一大浩劫的詩歌，卻稀少難見。戰後出生的我，父母雙方及岳家的至親好友，全都在此一連串的浩劫中，犧牲奮鬥，非死即傷，精神肉體全都受到巨大的摧毀與殘害。我所能做的，只有以藝術的手法，平實紀錄童年懂事以來所聞、所思、所感而已。

尚有

向明

尚有雞鳴
尚有犬吠
尚有大悲咒可唸
尚有豬血糕好嚐
尚有乾爛買末之吆喝
尚有俗闊大碗之招搖
尚有濃濁的鄉音慰解離愁
尚有同志仍須努力之勸勉
尚有進口牛羊雜碎可大快朵頤
尚有令人噴飯快嘴供談助消化
尚有，已夠多了，夠瞧了
值此，連蟑螂都亂了陣腳的今世
尚有太多，太多令人難以想像

《中國時報》人間副刊 2016 年 1 月 21 日

▌ 詩人自述

　　向明本名董平，1929 年生，湖南長沙人。軍事學校畢業，曾任國防高參，副刊編輯，詩刊社長、主編等職務。出版有詩集個人詩集十二種。詩話集及詩隨筆八種，散文集兩冊，童話集兩冊，譯詩集兩冊。編著有年度詩選三本，曾獲優秀青年詩人獎，文協文藝獎章，中山文藝獎，國家文藝獎，中國當代詩魂金獎。1988 年世界藝術與文化學院頒贈榮譽文學博士學位。

▌ 關於本詩

　　心照不宣，自我調侃而已，此詩沒太大學問，也沒什麼內涵可資猜疑，請一笑置之。

山與谷

岩上

「你永遠在我腳下
甭想越過我」

「沒有我的卑微
怎會有你的高傲」

山的睥視
谷的無可容納

山與谷的對決喊話
寧靜的
轟然

空山空谷
重覆他們的
回聲

《中國時報》人間副刊 2016 年 1 月 28 日

詩人自述

　　岩上 1938 年生，本名嚴振興。逢甲大學畢業，1976 年創辦《詩脈》詩刊，1994 之後主編《笠》詩刊。獲首屆吳濁流文學新詩獎、文協新詩創作獎、臺灣詩人獎等多項文學獎，出版《岩上八行詩》、《針孔世界》、《漂流木》、《變體螢火蟲》等詩集與評論《詩的存在》、《詩的創發》二十幾種，現為臺灣兒童文學學會理事長並現專事寫作。寫作範圍包括：新詩、評論、散文、兒童文學。

關於本詩

　　無山不成谷，無谷不成山，山與谷原是一體兩面；其虛與實的對立，既構成矛盾又統一的存在。

　　詩句中，山與谷的對話，都各自站在自我的立場喊話，世間諸多事物也如此，只執自我容不了他人，才會產生爭端。

　　歲近暮老，馬齒健長，漸悟得存在的本質，如造物之有神。易曰：神無方而易無體。詩之有神，如在諸相之源頭本質，從源頭看，山與谷的爭論，只是自訴的轟然回聲，空山空谷，自然得有詩的韻律在。

火車

黃克全

昨日高聲嘶叫
揚蹄
叩著暗夜的前額

如今失去了隱喻的你
默默奔跑
在意義貧瘠的旅程

默默含著淚
失去了神話的美麗
跟力量

在後現代的鐵軌及土地
奔跑著
默默

失去了
神話的恩澤

一匹默默無言的馬

《中國時報》人間副刊 2016 年 1 月 28 日

▌詩人自述

　　黃克全／自由作家／情書出版社負責人／中華金門筆會會長／出版結集作品有《流自冬季血管的》等 20 多冊。

▌關於本詩

　　在后現代的時空裡／無神話／亦無隱喻／成為徒然的喧囂／一切都失落了。

噩夢

陳克華

突然發現自己坐在醫學院的教室裡
我是卅年後
或隔世
的重讀生

：「醫學是一門天天進步
日新月異的學問……」其他科學
也是。也必定是——而我重新
拿起那些陌生
卻又幾分熟悉的課本，傳來一股熟悉的

厭惡感。放射物理。有機化學。高等微積分。
看著周圍年紀和我當年相仿的
醫學生們，同樣
聰明機伶，驕氣十足
（自以為）天縱英明且
言語譏諷——

當他們第一次撫摸著屍體時只有好奇
毫無悲憫；而我
（多年後）我我我終於懂得恐懼；身邊
硬殼精裝的解剖學

每年改版但人類

並未年年進化出新的器官。午夜了
我懶懶地懷疑著
並深深
進入那間燈光灰濛的小室——
心，肝，肺，胰，脾
陽具與膀胱
一一分開存放甕中

我看見
解剖檯上我正切開我的腦葉
讓其中累世收藏的陳舊知識
不斷如濃黃的體液流出
流出，汙染了整部人類醫學史……
直到
我逐漸覺察
這，是一個夢

一個脫水，風乾，福馬林的夢：
「那，就讓我的腦葉
成為下一版教科書裡
嶄新的句子……」
當我醒來在地球這一側
徹底明白醫學的無能，沉緩與遲重——

「好，讓我回到無知的醫學系新生那一天，」

想到或許
這是挽救噩夢

的另一種可能的方式……

《聯合報》聯合副刊 2016 年 1 月 29 日

▌ 詩人自述

　　陳克華，1961 年生於臺灣花蓮，臺北醫學院畢業，美國哈佛醫學院博士後研究員。曾參與「北極星詩社」，並曾任《現代詩》主編。榮總眼科主治醫師；陽明大學、輔仁大學，臺北醫學大學副教授。曾獲中國時報新詩獎、聯合報文學獎詩獎、全國學生文學獎、金鼎獎最佳歌詞獎、中國時報青年百傑獎、陽光詩獎、中國新詩學會「年度傑出詩人獎」、文薈獎等獎項。文字出版有詩集，小說集，散文集等近四十冊，有聲出版則有「凝視（陳克華詩歌吟唱專輯）」（巨禮文化），近年更從事視覺藝術創作，舉辦多次展覽並獲獎，並有日文，德文版詩集出版。

▌ 關於本詩

　　以夢境描寫在醫學院唸書的經過與感悟。

越洋電話

鶇鶇

吃的時候要像牛
酸酸地嚼一塊一塊的陳年往事

排泄的時候要像牡蠣
吐出來的全是沙子

呼吸時成為一尾河豚
可愛，又如此致命

活著，便立志成為太陽
溫暖光亮
絲毫沒有陰影
連落淚
都會瞬間蒸發

在一通越洋電話裡
我的沉默昂貴地說著

《好燙詩刊：占卜術》2016 年 1 月

▌ 詩人自述

鶇鶇，1991 年生，臺北人。曾入選《臺灣詩選》，作品散見於各刊物。

與煮雪的人共創好燙詩社並發行詩刊，任社長一職。目前正積極構想、籌劃一間充滿詩的店。

▌ 關於本詩

這首詩謹獻給一些此生不再回來的人。

如果有足夠的時間或金錢就將其燒毀，如果不需要語言就揮霍所有淚水跟沉默。

吃鬼的人
——贈春明爺爺

鴻鴻

人說吃肝補肝
吃鞭補鳥
吃過鬼的人
半夜精神也特別好

聽見有時眾鬼喧譁
有時隱忍低泣
有時則像一場球賽報導
激動得窗格子也顫慄

初生兒夜啼
媳婦嫌鄰居電視大聲
他說
那是阿公吃的鬼
在罵罵號

下午散步
鬼也會借公園的老樹還魂
隨風窸窣一些故事
孫子聽得呵呵笑
吃鬼的人打了個嗝

自己在樹下睡著
口裡還咿咿呀呀像個嬰孩
用鬼話和競選宣傳車爭吵

《自由時報》自由副刊 2016 年 2 月 17 日

▌詩人自述

1964 年生於臺南。國立藝術學院戲劇系畢業。曾獲吳三連文藝獎。出版有詩集《暴民之歌》等七種、評論《新世紀臺灣劇場》、散文《晒 T 恤》、《阿瓜日記——八○年代文青記事》及小說、劇本、電影作品多種,《衛生紙＋》詩刊(2008-2016)主編。現為「黑眼睛文化」及「黑眼睛跨劇團」藝術總監,臺北詩歌節策展人。

▌關於本詩

宜蘭火車站前的百果樹紅磚屋在黃春明經營之下,成為藝文聚會及兒童啟蒙的據點。但因議員抨擊縣府每年補助,諭令收回。藝文界聞訊群起抗議,我也於 2015 年歲末一同前往聲援。當晚百果屋熱鬧非凡,縣長林聰賢亦改口支持。黃春明上臺致謝,將一則〈呷鬼的來了〉說得活靈活現。因取其意,聊報多年來所深受春明爺爺之言教身教。

下落

白靈

評點河水的陽光
低低啞啞　碎金似跳盪

翅族們輕鬆就停格
在鐵道的半空中

蟬聲雕琢的耳卷
收攏住千萬句喧囂

微小才是時光道場的要角
輕快流逝　何須修辭

如布袋戲中的尪仔頭
跳過童年之背　即下落不明

《聯合報》聯合副刊 2016 年 2 月 24 日

詩人自述

白靈，本名莊祖煌，1951 年生，福建惠安人，現任臺北科技大學及東吳大學兼任副教授。年度詩選編委，曾任臺灣詩學季刊主編五年，作品曾獲中山文藝獎、國家文藝獎、2011 新詩金典獎等十餘項。創辦「詩的聲光」，推廣詩的另類展演型式。著有詩集《昨日之肉》、《五行詩及其手稿》、《愛與死的間隙》、《女人與玻璃的幾種關係》等十一種，童詩集兩種，散文集《給夢一把梯子》等三種，詩論集《一首詩的玩法》等六種。近年介入網路，建置個人網頁「白靈文學船」、「乒乓詩」、「無臉男女之布演臺灣」等十二種（http://www.ntut.edu.tw/~thchuang/）。

關於本詩

小時候搬離萬華（艋舺），收集的幾個有稻草泥香髒髒的布袋戲尪仔頭不知蹤跡，悵惘過一陣子。於是藏過尪仔頭的那個低矮破落的小閣樓成了後來多年的夢巢。晚近則對身旁所有物的「下落」不再那麼在意，所有微物皆有其不可解的神祕，執著於其中遂甚無趣。有限等於無限乃科學真理，則所觸所見所聞無所不是，隨其飛翔或停格或飄落，自然也，當下隨心，或可無窒礙。

塵爆

阿布

命運在我身上
留下詛咒的疤痕
而我用它
來練習愛人

《聯合報》聯合副刊 2016 年 2 月 28 日

詩人自述

　　阿布，1986 年生於臺灣。著有散文集《來自天堂的微光》、《實習醫生的祕密手記》、詩集《Déjà vu 似曾相識》、《Jamais vu 似陌生感》。

關於本詩

　　留白。

菅芒搖曳

陳義芝

菅芒搖曳
無聲問起居
遠時曾以
中鋒側鋒交相揮灑
而今豎尾長垂於雨中
不記得說過什麼恣肆的話
寫過什麼飛揚的字

菅芒搖曳
似探人心思
點是心雷，豎是懸針
撇捺都作苦笑
回首驚起一陣陣風
起始於頓首終止於謹白
筆畫恆常一波三折

秋天過後就難以成書
一如皮繩斷開
竹簡被時間蟲蛀
記憶的經線織進遺忘的緯線
還有什麼信札未寫
什麼符券未兌

全說不準了

菅芒搖曳
天空下一本時間的帳簿
在陰晴不定的窗外
從前與未來的山野
它不由自主地搖曳
搖曳在我紛亂的心頭
寂然的現在

《自由時報》自由副刊 2016 年 2 月 29 日

▌ 詩人自述

　　陳義芝，1953 年生於臺灣花蓮。年少時參與創辦後浪詩社，主編
《詩人季刊》。曾任聯合報副刊主任，輔大、清大、臺大等校兼任講師、
助理教授。現任臺灣師範大學國文學系副教授。出版有詩集、散文集《不
安的居住》、《我年輕的戀人》、《邊界》、《掩映》、《為了下一次的
重逢》、《歌聲越過山丘》等十餘種。

▌ 關於本詩

　　紅樹林家居，窗外有一小山坡，坡上一大片菅芒，晴雨晨昏各以不同
姿態，與人通聲息。

開車途經一個名叫弔詭的小鎮

楊小濱

雪下得比脾氣還大。夢裡的兒童
在雲上堆出了好幾墩胖乎乎。

倒流的淚水裡滿溢著幸福？
疾馳到遠方，恰是曾經的懸崖。

鵝毛送來了軟刀子，進去的蒼白
要從我的名字裡扎出緋紅。

練得漂亮時，一路上的刺骨
齊發出萬箭穿心的光芒。

行到水窮處，松針便打開
歡樂冰凍山谷，讓破曉響徹心扉。

彩虹再塗脂，泥濘再抹粉也
遮不住青山——都是舊相識。

來不及回到未來，我先把
整個冬季反穿在身上。

飛起來的風景又停在雲端，

像二十多年前一樣，遙不可及。

《聯合報》自由副刊 2016 年 3 月 14 日

▌ 詩人自述

楊小濱，耶魯大學博士，現任中央研究院文哲所研究員，《兩岸詩》總編輯。著有詩集《穿越陽光地帶》、《為女太陽乾杯》、《楊小濱詩X3》、《女世界》、《多談點主義》、《指南錄‧自修課》、《到海巢去》等，論著《否定的美學》、《中國後現代》、《語言的放逐》、《迷宮‧雜耍‧亂彈》、《感性的形式》、《欲望與絕爽》等。

▌ 關於本詩

弔詭鎮（Paradox）在美國紐約州，臨弔詭湖（Paradox Lake）而得名。每年春天，由於大量融雪，湖水會出現回流的現象。「弔詭」一詞在當地印第安人的語言裡意為「水流向後」。2016 年，我駕車從西岸的加州橫穿美國前往東岸的新英格蘭時途經此地。

鳳尾船
——La Lugubre Gondola II, Liszt

陳育虹

就這樣一聲驚拍
船槳順勢探入水面
河水漫過鍵盤
水光瀲灩是風的臉
星星繁殖出銀色魚苗
水鳥殷勤
唧著飄盪的音符

你搖著船槳
搖出水聲
水位在你指間升降
水珠一顆顆跳脫水面

你到底在哪一條河

反覆的是水聲
不反覆的是時間，往前
往前流
回來，回來，不回來
船身恍惚
恍惚是琴聲嗅這風

船會沉嗎
月亮要走了嗎

你是槳
你是船
你就是河

水波彳亍
這水磨的階梯會引我
找到你嗎
我只聽見水珠
滾動
滾動著，頓然靜止
在河的流浪

《自由時報》自由副刊 2016 年 3 月 15 日

▋ 詩人自述

　　陳育虹。著有詩集《閃神》、《之間》、《魅》、《索隱》等，另有散文《2010 日記》及譯作葛綠珂詩集《野鳶尾》、艾特伍詩選《吞火》、達菲詩集《癡迷》。2011 出版日譯詩集《我告訴過你》。曾獲 2004《臺灣詩選》【年度詩獎】，2007 中國文藝協會【文藝獎章】。2008 入選九歌《新詩 30 家》。

▋ 關於本詩

　　這些，是李斯特的音符轉化成的……
　　這些鋼琴與低音提琴的文字。

與樹約定

吳晟

對抗過酷暑、抵禦過寒流
哪有時間再感嘆
趁著早春時節
我們相約、一起來植樹
迎接雨水綿綿的滋潤

我們聽見聲聲召喚
在海濱召喚鬱鬱蒼蒼的防風林
為島嶼，披上柔軟綠圍巾
在市鎮、郊區、村落
在尋尋覓覓的記憶中
召喚親切的大樹
庇蔭來往旅人
邀請群鳥棲息、築巢
寵愛孩童攀爬、嬉戲、編織夢想
款待長者休憩、沉思、回味歲月
流傳島嶼身世

立足寬厚土壤，根鬚才能伸長
牢牢抓住大地，枝幹才能挺拔
拒絕僵固水泥，霸道封鎖
不容許荒漠乾涸，持續擴張

凌虐我們的島嶼

趕上早春時節
相約，一起來植樹
向每一株散播希望的樹苗致謝
向青翠的未來承諾
我們會細心看顧、親密陪伴
傳給一代又一代

《中國時報》人間副刊 2016 年 3 月 18 日

▎ 詩人自述

　　吳晟，本名吳勝雄，1944 年出生，世居彰化縣溪州鄉。屏東農專畢業，教書、耕作，退休之後，專事種樹。出版詩集《吾鄉印象》、《他還年輕》等；散文集《農婦》、《店仔頭》、《筆記濁水溪》等多冊。

▎ 關於本詩

　　請參考新出版的《種樹的詩人》這一本書。

雪金閣

張錯

「清晨作了個艱辛漫長的夢
披星戴月，翻山涉水，行囊不堪負荷
拖著蒼蒼白髮母親逃城
戰禍烽火連天，母子連心沒有言語
只顧向前邁進，十字路口誤入歧途
轉入狹道進退兩難，氈帽掉落山崖
然後雪就落了，雪花像鵝毛，大片大片，黏著鬢髮
澈骨寒冷，比冷漠人間更冷，只自己知。」
溝口長相醜陋，結巴口吃，「然後就醒過來了。」
那是假面告白，非常逼真，三島隱密黑暗性向本質
上乘演技，告訴別人歡樂美滿
醜或美的生命真相，笑聲淚影
誰願低眉悲戚？強顏歡笑？
往北區金閣寺町擠滿公車
迂迴曲折，許久未到寺道
雪仍在落，路如苦海，乘客浮沉
雨雪白茫茫輕輕落著，打掃大地
踩在上面寸步寸心不忍。
驀地抬頭，金閣寧靜雪裡
像安靜的心，連心跳也無
高貴的心，供奉的舍利，就是平靜
無聲無息，無求無不求，如來如往

就是妙悟，啊！就是涅槃！
皚皚白雪難掩黃金的心，安靜禪定
遙遠飄來桂花甜味，雪融真相大白
金閣是美的偽裝，讓人憧憬焚毀
人在閣在，皆是虛幻，人滅閣亡
聞說初雪未登陽明山，人間喧鬧
合掌村早已點燈，薑餅屋加上白糖。

《聯合時報》聯合副刊 2016 年 3 月 18 日

▍ 詩人自述

　　張錯，美國南加州大學中國及比較文學教授，臺北醫學大學特聘講座
教授兼人文藝術中心主任。近著有《傷心菩薩》（散文），《張錯詩集
1》，《張錯詩集 ll》。

▍ 關於本詩

　　曾訪金閣寺數次，多在夏秋，魂夢縈繞，某年遇雪金閣，嘆為觀止。
詩中第一引段為夢中與母逃城遇雪，跟著口吃溝口是三島由紀夫《金閣
寺》焚寺主角。其餘則是京都本地人紛紛乘雪趕赴現場觀寺，及詩人感
悟。

飛蚊症

蔡振念

年過五十才豢養你
寵物一般地
總在我讀詩的眼前
晃來晃去
一巴掌打下
你的屍身落在鄭愁予的
一首詩身上，細看恰是
「如霧起時」。

《中國時報》人間副刊 2016 年 3 月 21 日

詩人自述

蔡振念，民國 46 年生，畢業臺灣於輔仁大學中文系。民國 74 年赴美國留學，就讀於威斯康辛大學東亞文學系，1992 年返國任教中山大學中文系，現為中山大學中文系教授兼主任。

發表學術論文四十餘篇，學術論著《與現代詩共舞》，《高適詩研究》、《杜詩唐宋朝接受史》等三冊；現代詩集：《陌地生憶往》、《漂流預言》、《水的記憶》，《敲響時間的光》等四冊，散文集《人間情懷》，並有書評、譯稿散見報章雜誌。詩作曾入選古蒙仁編《海外詩箋》，向陽等編《2003 臺灣詩選》，曾進豐編《娑婆詩人周夢蝶》，文建會暨國家臺灣文學館編《黃武忠紀念文集》，蕭蕭等編《2005 臺灣詩選》，高市文化局編《幸福石鼓詩》，路寒袖編《乍見城市之光》，臺灣筆會編《夜合花》，高市文化局編《港埔遺落的鹹味》，向陽等《2008 臺灣詩選》，春暉版《2008 臺灣詩選》，春暉版《2009 臺灣詩選》，陳義芝主編《2009 臺灣詩選》等。

關於本詩

現代詩是多元的美學，有人在詩中表現哲理，有人寄託愛恨情仇，有人展示生活經驗，有人表現機智，不一而足。機智勉強對應到英詩中的 wit，我這首詩大概可算 witty 吧！在詼諧中透出一點對年華老去的無奈。

我的詩總是有現實的影子，周圍不少朋友都年過五十，雖尚不至視茫茫，髮蒼蒼，但常聽說飛蚊症上身，有天重讀鄭愁予的詩，聯想而有了這首詩的靈感。詩雖不離現實，但詩畢竟是想像的結果，這首詩也是現實和想像的結合。

牛津早春

侯吉諒

早春的牛津冷雨紛飛
在古老城堡和科技潮店之間
飄落，暗灰色的詩意
映照在咖啡小店的櫥窗玻璃上
一個金髮女生推開老舊木門
詩句一般，飄逸的走入雨中
中世紀的屋宇，連綿無盡
隨目可見城堡般的建築
帶著大英帝國的榮光
如歌德式教堂裡數百年的管風琴
依然聲勢撼人
彷彿修道院的祈禱吟唱
喬治五世英明傲慢的目光
依舊凌厲地注視著
貝殼式的樑柱與屋頂
穿過古老的彩繪玻璃
穿過陰雨的天光，迴盪在
學院的草地，地毯般柔軟
咬著菸斗的學者從迴廊走過
濃郁的菸草香味
像一則美麗的傳說
飄入古老小巷的咖啡店

飄入手機與平板電腦
在厚重的書籍與手寫筆記之間
飄入年輕學生臉上
飄入，我的眼裡

《中國時報》人間副刊 2016 年 3 月 22 日

▎詩人自述

　　侯吉諒是詩人、畫家，同時擅長書法、篆刻及散文創作。多次獲得
「時報文學獎」。首創以數學、幾何、物理、力學解析書法觀念及賞析於
《如何寫書法》。《神來之筆》點滴記錄他的創作來時路。《紙上太極》
展現生活中的書法美學。《如何看懂書法》、《如何欣賞書法》強調「書
法是肩負著文字、文學與文化的傳承及心靈的寄託。」

▎關於本詩

　　作者小女兒在牛津大學攻讀碩士，故於 2014 年 3 月造訪倫敦、牛
津、巴斯。初訪牛津校園、艾希莫林博物館等。得此詩於牛津清晨；2016
年 3 月定稿。牛津城中遍布有特色的咖啡小館，學生們經常在咖啡店中讀
書、相互研討。漫步在牛津小鎮上，隨處所見之景，都甚有詩意。

豔遇者：婆羅洲的回憶

鯨向海

服務生將繼續
日復一日
清理這旅館
我睡過的床
離去之後
被那個擁抱
震驚的蜥蜴
被那一吻誤觸的
蛛網
又恢復了他們的自在
儘管曾試著
融入山神的洞穴裡
假裝無事的狐蝠
並不知
如此的雲霧
竟不能有一刻停止奔湧——
每一次
（縱然那種微笑
從來也不是只對著我的）
夢醒盡頭的瀑布啊
我就這樣記住
一輩子

像被豢養已久的鸚鵡
老是因為窗外一陣微風
而懷念起
整座暴動的熱帶雨林

《聯合報》聯合副刊 2016 年 3 月 22 日

▌詩人自述

　　鯨向海。

　　著有詩集《通緝犯》、《精神病院》、《大雄》、《犄角》、《A夢》，散文集《沿海岸線徵友》、《銀河系焊接工人》等。

▌關於本詩

　　此詩寫於一次婆羅洲旅行之後的回想。被一再召喚的獸性，靈異般的遺夢感，豔遇總是害羞地使人忍不住以各種形式懷念。

越南咖啡

張堃

革命早已結束
咖啡依舊飄著
解放前散不去的回憶
那些矮小個子的婦人
全都穿上飄逸的薄紗長衫
緩步走在大街上
迎風招展
老式的脂粉香味
吵雜的市聲中
我正喝著一杯
調了不少舊社會元素
又加添了半調子巴黎風情的
過時的
異國情調

《創世紀詩雜誌》186 期 2016 年 3 月

詩人自述

張堃，本名張臺坤，1948 年出生於臺灣臺北。

旅居美國近三十年，目前寓居加州 Tracy 市。

《創世紀詩社》同仁、顧問。美國詩藝協會（Poetry Society of America）會員，加州作家俱樂部（California Writers Club）會員。現已退休，專事寫作。

曾獲《全國優秀詩人獎》、《中華文藝獎章》等。

著有詩集《醒·陽光流著》（1980）、《調色盤》（2007）、《影子的重量》（2012）、《風景線上》（2016）等。

關於本詩

我平日喜愛喝咖啡，在旅行中尤不忘品嚐各地不同的咖啡風味。

越南人崇洋又保守，咖啡雖為混血，但香味濃郁，製作與喝法至為獨特講究；咖啡館四處可見，多到令人難以想像，近年已成越南文化的一個重要部分。

這首詩，記錄了喝咖啡的心情，以及如在素描紙上寫生，或者拍攝照片中，瞬間捕捉的一點市井印象。

藍雀

姚時晴

我喜歡詩
但厭倦成為詩人
我喜歡大海
但無法變成海豚
我喜歡風
但難以掌握春日
野櫻的花開花落
我喜歡你
但不想成為你的愛人

讓全部的壞念頭都在詩裡變乖
全部的愛稀釋雲杉的薄霧
雙腳踩在森林的肩膀
試探山的重量
用薄薄的愛，覆蓋
停駐針葉林尖端的羽毛
取暖

《吹鼓吹詩論壇》24 號 2016 年 3 月

詩人自述

　　現為「小草藝術學院」編輯，以及《創世紀詩雜誌》編輯。獲選 2000 年《創世紀詩刊》新生代詩人，與 2007 年「臺北詩歌節」新生代詩人。詩作收錄於 2007 年《臺北詩歌節詩選》，2012 年《散文詩人作品選》，2013 年《臺灣詩選》，2014 年《創世紀 60 年詩選》，2015 年《散文詩人作品選》和《水墨無為畫本》（精選現代詩人名句 104 帖），與 2016 年《風過松濤與麥浪》（臺港愛情詩精粹選）和《水墨與詩對酌》水墨書畫詩集等。

　　著有《曬乾愛情的味道》（2000）；《複寫城牆》（2007）；《閱讀時差》（集結，2007）；《我們》（2016）。希望每一本詩集都是對前一本詩集的背叛，因此這四本詩集分別以不同筆法和語言形式創作，期待每一本詩集都是另一個新生。

關於本詩

　　此詩既是自述；也是描摹他者。一方面藉此闡述自己對「詩」，或「成為詩人」這兩件事的看法。另一方面也是對大自然中各種物種（藍雀）的觀察與體悟。

　　此詩收錄於我的最新詩集《我們》（2016）。《我們》這本詩集的寫作過程，自己亦嘗試以「自然書寫」的主題進行創作。其中有許多詩看似情詩，其實是我在替動物、植物或大自然發聲。例如〈暮蟬〉一詩其實就是在寫蟬的求偶過程，而〈藍雀〉也是。

選舉次日

汪啟疆

1 某輛摩托車可以全速啟動飆在發燙的一條線上。

2 愈來愈搔亂髮裡的癢
 聽到頭顱內的迴聲。

3 讀到了句子反覆的句子
 昨天是今天的明天。

4 他們開始放棄我們：謝謝賜票
 感情的話不能僅用錄音器回應我們。

5 市面買的咖啡品牌
 敘事和歸納都在作了引申。

6 眼鏡後面眼淚流下
 眼鏡是不會哭的，無論回顧前瞻。

7 必須守在蛋殼內。
 若急於先將蛋殼打破
 蛋黃流出絕非新生命活現。

8 某些人被完全赤裸是因為
 不能像軍人作戰未慮勝先慮敗
 未務實所本的裸體國王。

9 一九四七年神對臺灣已有應許
 以信心眼光來看世界依然美麗無比。

10 我走在鞭炮屑和落葉的路上。

《中國時報》人間副刊 2016 年 4 月 5 日

▍ 詩人自述

　　基督徒，海軍退伍軍官，現為軍中兼課及社會監獄志工。2016 自己的猴年出了詩文集：《人一寬闊，世界也就寬闊了》。得了一個肯定文學年歲的獎。編了一本同辛牧、落蒂詩合集的《風、鹽、回望》。

▍ 關於本詩

　　選舉次日是國黨意料的慘敗及民黨的全面執政。我充滿了對蔡女士的祝福和盼望，慎實圖遠、慎謀能斷。萬勿全速飆在發燙的唯一路線上。該說的一些話和某類恐懼都藏進這首詩裡了。我相信（以自己的信仰）神在 1947 迄今及爾後，都對臺灣充滿守候。

黃昏偶拾

落蒂

黃昏散步經過里辦公室
里長看見叫住領重九敬老金
啊！回頭一望
後面竟然走過一段長長鐵軌

一條通過崇山峻嶺
有斷崖險坡
有風雲處處
當然也有春和景明的路

走過日常獨坐的山石
它看著旁邊小湖的波光
正映著夕陽的餘暉
還有一棵枯樹的倒影

小松鼠正在等我餵牠花生米
一群螞蟻也正列隊扛著食物回家
年輕時努力尋找資料的圖書館
館員正要關上大門

《自由時報》自由副刊 2016 年 4 月 13 日

▍詩人自述

　　本名楊顯榮，1944 年出生於嘉義，先後就讀國立嘉中初中部，國立臺南大學南師普師科，又讀國立高雄師大英語系，並在臺師大英研所進修結業。現為創世紀詩社社長。著有詩集《煙雲》、《風吹沙》等七部。評論《臺灣詩人論》等七部。散文《追火車的甘蔗団仔》等七部。曾獲2015 年五四榮譽文藝獎章及其他詩獎若干。

▍關於本詩

　　年過七十，感於歲月不饒人，遂作「黃昏偶拾」做為感觸的日記。其實我一向樂觀，雖年過半百（2000 年退休時），但仍舉家遷居新北，接近藝文中心臺北市，追尋我的文學夢。但那天黃昏，看到圖書館館員正要關門，乃想起邱吉爾「酒店關門我就走」的名言，遂有所感，寫了此詩。龔自珍（定庵）謂「少年哀樂過於人，歌泣無端字字真。」我雖已至耄耋之年，哀樂也不一定過人，但字字真卻是我此詩的寫作精神，誠意十足，讀者不必懷疑。

世界的孩子

許悔之

爸爸
炸彈轟轟
大海是一盆滾燙的水
媽媽
子彈咻咻穿過
月亮月亮的臉在流血
即將閉上眼睛的
我的身體裡面
好冷好冷的冬天

媽媽，爸爸
我在這片沙灘躺著
我想念你們的眼睛
正在燃燒
像是太陽，像是月亮
照在這個世界

《聯合報》聯合副刊 2016 年 4 月 15 日

詩人自述

許悔之,1966 年生,臺灣桃園人,曾獲多種文學獎項及雜誌編輯金鼎獎,曾任《自由時報》副刊主編、《聯合文學》雜誌及出版社總編輯,現為有鹿文化事業有限公司總經理兼總編輯。著有散文《創作的型錄》、《我一個人記住就好》;詩集《當一隻鯨魚渴望海洋》、《有鹿哀愁》等。

關於本詩

因為一位在沙灘上溺死的敘利亞難民小孩而寫。
這個世界還有更多因大人而造成的悲劇。

高一生微笑看夕陽

渡也

高一生一生第一次
來中正大學看夕陽
看夕陽閃閃發光
看他一生四十六歲的夕陽

他的〈古道〉刻在藝文步道
深入巨大的石頭
心中沒有仇恨的夕陽走過來
拍拍高一生的詩
拍拍那顆巨石的肩膀
拍拍全臺灣人的肩膀

石頭牢牢記得夕陽
石頭牢牢記得高一生
記得他的詩
你聽，石頭緩緩吟唱

高一生帶著一生
從阿里山青山澗水
走過來，緩緩吟唱：
　　　　這些山林這些河流
　　　　和一望無際的草原

祖先走過的足跡閃閃發光

高一生，一生第一次
來民雄，微笑看夕陽
微笑看一九五四年殘殺他的人
看一生難忘的嘉南平原
看一生敬愛的鄒族的祖先
鄒族的
明天

註：民雄鄉中正大學最近在圖書館旁的斜坡打造藝文步道，第一顆大石頭
　　勒刻 1908 年出生的鄒族教育家、詩人高一生詩作〈青山澗水〉（又
　　名〈古道〉）。傍晚在步道尚可觀賞夕陽和民雄全景。

《自由時報》自由副刊 2016 年 4 月 18 日

▌ 詩人自述

　　陳啟佑，筆名渡也，中國文學博士。曾任國立彰化師大國文系、所專
任教授，現任國立中興大學中文系、所兼任教授。著有《唐代山水小品
文研究》、《分析文學》、《普遍的象徵》、《花落又關情》等古典文
學論文集，以及《渡也論新詩》、《新詩形式設計的美學》、《新詩補
給站》、《新詩新探索》等現代文學論文集。此外，出版新詩集《手套
與愛》、《澎湖的夢都張開翅膀》、《諸羅記》等以及散文集《歷山手
記》、《永遠的蝴蝶》等現代文學創作集二十餘種。

▌ 關於本詩

　　此詩情節皆係虛構，想像嘉義早期音樂家、教育家、詩人高一生來中
正大學「藝文步道」其詩碑旁，眺望民雄、大林等鄉鎮。光復之初慘遭政

府殺害身亡的高氏心中「沒有仇恨」，「微笑」看夕陽，看心愛的嘉義平原。進而書寫高氏關懷鄒族後代，緬懷先人之精神。高氏為知名音樂家，此詩因而屢用複沓技巧（語詞複沓、句子複沓）以營造節奏感。

流沙世界
——〈波赫士的郵簡〉之四

吳岱穎

偶然是一種巨大的，無止盡的陷落
庸常因此成為邪惡的壓迫
在暗夜中前來，日光下歡然誘引
邀我加入賭徒的陣營

宇宙簡化為世界，在一顆骰子上
展現它微小的決心：無限的變亂與動盪
終將靜止為有限的結果

以生命為籌碼可以換取什麼？
現世的富足從來不在清單之中

以時間為賭注可以獲得什麼？
沒有比命運更加巨大的無知

我看見一座城市矗立在時間的沙漏裡
穿過狹窄的，只容許「此刻」的當下
把生活擠壓成細碎的字詞
消逝的事物並不因此成為記憶
但當我試著翻轉那些偽造的故事
在落沙的軌跡裡，我辨認出了詩

《自由時報》自由副刊 2016 年 4 月 26 日

詩人自述

　　花蓮人。師大國文系畢業。著有《找一個解釋》、《更好的生活》（與凌性傑合著）。個人詩集《明朗》、《冬之光》。與孫梓評合編《國民新詩讀本》。

關於本詩

　　本詩為〈波赫士的郵簡〉組詩第四首。一個饒富興味的問題，讓小說家演繹千百回而不厭倦，當然，他的讀者也不厭倦。同一個問題，讓我百思千迴而不得其解，且沒有更好的方法可以接近。當然，不接近，也是可以的。

上層的饑餓

詹澈

我記得，冬夜，狗吠村口彎月的童年
你們已沿著我的脊椎排隊往上爬進我腦海的夢裡
又沿著我中年的視窗，一個暫棲的蜂巢
從工蜂眼中，彎月又膨脹成圓圓的氣球
往上爬升，直到那個饑餓的夢如飽滿的氣球一樣爆破

入夜了，你們不需要夢嗎，繼續沿著我大樓的脊椎
向我的窗口爬升，沿著廚房的壁縫
一點點光的縫隙，切割著瓦斯爐的火焰
你們在水火邊緣，忙碌前行
碰頭觸鬚，用你們最原始最適合交流的語言

你們的夢；在冬天來臨前堆積好過冬的糧食
你們的警醒；在洪水來臨前往高處築巢
在我書桌外的陽臺角落，那裡只有，高處
不勝寒的，匆忙的工蜂，例如
我中年以前的生活，暫租過蜂巢蟻穴

那些日子就只是因為不全是饑餓的饑餓
就只是在入夜後安靜的書桌旁，饑餓的翻閱春秋與
進化論，思考資本論及鹽鐵論，井田制與 WTO
這些思考饑餓的下層經過腸胃而至梵骨上方的，梵音

在 33 天與 18 層地獄之間搜尋的浮標,與音波

越過山稜線,從桌沿走過,伸鬚交趾
在疲累的眼神與桌燈下摩肩接踵
我聽見肢體咯吱咯吱的聲音,響在冷寂的書房
我等待你們之中有一個能站立起來說話,或吶喊
讓我尚能真的清醒在 18 層地獄的午夜的 18 層大樓上

《聯合報》聯合副刊 2016 年 4 月 26 日

▌ 詩人自述

　　詹澈,原名詹朝立,國立屏東農專農藝科畢業。曾任黨外雜誌《春風》發行人,《夏潮》雜誌編輯。《草根》、《春風》、《詩潮》詩刊同仁。臺灣藝文作家協會理事長,《新地文學》、《時代評論》雜誌主編。農運發起人與總指揮、國大代表、行政院雲嘉南服務中心副執行長。詩集:《土地請站起來說話》、《西瓜寮詩輯》、《海浪和河流的隊伍》、《小蘭嶼和小藍鯨》、《綠島外獄書》、《下棋與下田》等十種。紀實報導:《天黑黑莫落雨》。散文:《海哭的聲音》。曾獲第二屆洪健全兒童詩獎、第五屆陳秀喜詩獎、1998 年臺灣現代詩獎、中國文藝協會詩獎。

▌ 關於本詩

　　2012 至 2013 年我因工作關係在嘉義租屋,是眷村改建的高樓,這是我十餘年來不斷租屋的經歷裡,算是很好的樓房。有次大雨來臨前,我看見一整排的螞蟻從樓下一直往樓上爬,經過廚房與書桌。牠們忙碌互動,至深夜乃在前行,使我感動、感傷,覺得人世、人類,也是如此忙碌。其進化與進步有何不同?同樣是飢餓,當面對毀滅性的災難,對糧食的分配,人類的分工與秩序不一定比螞蟻優越。我們其實也走在水火的邊緣,人類更多的是慾望、是非與善惡,當然,人也有比螞蟻更多的美夢與惡夢。有感而寫此詩,從我飢餓流離的童年想起,中年的中產階級,老年以後的反省與之後的審判……等。

空景
──致周夢蝶

林餘佐

你蒼勁的掌，
推開清晨的霧
讓事物重新回到秩序
所有的繁花都源自
你記憶中那叢荒涼枝椏的影子
你自記憶空白處駐足、微笑
彷彿想起街頭的書攤
倚靠日子薄弱之處
手指拖曳一襲長衫
胸懷整個世界如新生之卵
所有的字句皆來自喧鬧
唯獨你安靜走入心裡的佛門
任憑一張木椅、一根石柱
成為你的塵緣與
你的皮相
包覆最深的遺憾
──你的影子重疊影子
像蜈蚣走在亂石夾縫
桌上濃稠的白粥
你以勺子輕輕攪拌
有如日子的餘韻被摺疊

你凝視逐漸透徹的薄霧
像是在琢磨一樁公案
直到所有情節的模糊
陽光才移入室內
你緩慢起身，像是赴約般
走入一扇矮門：
微塵弱草，鳥鳴山幽。
你微微側身，
讓給世界一片空景

《聯合報》聯合副刊 2016 年 5 月 1 日

▌詩人自述

林餘佐，嘉義人。清華大學中國文學系博士生。曾獲林榮三文學獎、教育部文藝獎、國藝會出版、創作補助。著有個人詩集《時序在遠方》（二魚文化，2013）。

▌關於本詩

在看完文學大師系列電影「他們在島嶼寫作」的「化城再來人——周夢蝶」影片之後，決定寫一首向周夢蝶致敬的作品。詩人曾區分「詩是情感，佛是觀點」，我反覆思索後以「空景」作為詩題，並試著在詩中揣摩、再現詩人的樣貌。

四個起霧的 moment

陳仁華

一
咦，怎又起霧了？
啊，一定是
方圓十里內
有人被自己的思想
困住了

二
唐老鴨，走到哪
哪就下雨
我年輕時也一樣
說到哪
哪就起霧

三
戀人們擁吻
再怎麼吸
也吸不到對方的存在
換氣時
起霧了

四

誰不是
把別人的欲望
讀作自己的？
你的眼，我的眼
在流行櫥窗前起霧

《中國時報》人間副刊 2016 年 5 月 2 日

▋ 詩人自述

下了半輩子標題的媒體人
到最後練出為空氣下標題的特異功能
聽說這就叫作詩
是嗎

▋ 關於本詩

五十歲以後才發現
一二三四五
五就是我的數數極限
所以愛寫五行詩
有點像日本短歌那樣
整個宇宙都塞得進去
又能緊貼萬物的心跳
資訊氾濫的今天
更需要這樣一塊浮木

位置

隱匿

如果可以站在高處
大約像鳳凰樹那麼高
那麼我將會看到
這煩人的塞車
只因為有一隻狗
正在馬路中間拉屎

如果可以離開得更遠
如果可以睡得更深
我將會看到什麼？
是否因為視野不同
從此不再發怒
甚至變得慈眉善目

有些鳥兒的眼睛
可以看到背後的掠食者
多數盲人能發展出
蝙蝠一樣的回聲定位
可是，我的身體只有一個
我又怎能離開我自己？

彷彿重複了許多次的人生
那些曾經來過的貓咪們
留下的幾個字
和許多腳印
或許從未離開？

譬如出海口的河水
不也如此地
慢慢變鹹了
然後再回到天上去

《自由時報》自由副刊 2016 年 5 月 3 日

▌ 詩人自述

隱匿，淡水有河書店女主人與貓奴。

著有詩集《自由肉體》、《怎麼可能》、《冤獄》、《足夠的理由》。

編著有玻璃詩集《沒有時間足夠遠》、《兩次的河》；散文集《河貓》、《十年有河》。

▌ 關於本詩

這首詩確實起因於一隻在馬路中間拉屎的流浪狗。那天，當我搭乘的公車轉個彎，脫離了塞車隊伍上橋時，我清楚看見了塞車的原因，心境瞬間改變了，我默默地向停車耐心等候的駕駛致敬。可是，還塞在車陣裡氣急敗壞的那些人該怎麼辦呢？他們永遠不會知道真相。就如同我們也被其他事物所困，不明白自己的來歷和去向。

天國之驛

陳家帶

五月搭乘恍惚的彩虹列車抵達
母親步下月臺　好久沒返家了
她髮梢別著萱草
日頭花花　人靚靚
我在她的影子裡逆流而上

飛越微寒山丘而來的烏鴉
跳響枕木呱呱叫
目瞅新到的客家
異鄉人　歡迎歡迎
陌生的風把它傳譯為客人

五月走著　臥著　夢著　思想著
五月住進一座桐花林──
母親離開的五月
桐花白　白　白　白　白
白到天人幽明的介面

五月在斑斕混亂的季節裡走失
怠慢的春光靠站
滿座青衫　紅顏
時間封存的祕密

等一支高崗長號　吹　放

母親步下天國之驛
沿著桐花雪　她演繹歸鄉路
追溯客語口音　她旋轉生命年輪
我　迷途於童年歌謠
我在五月的眼眶裡順流而下

《自由時報》自由副刊 2016 年 5 月 8 日

▌ 詩人自述

陳家帶，生於臺灣基隆。基隆高中、政治大學新聞系畢業。

現為文山及新中和社區大學講師，臺灣大學新聞研究所兼任講師，慈心華德福高中藝文教師。曾任聯合報高級資深記者、聯合晚報編輯中心主任。

著有《聖稜線》、《人工夜鶯》、《城市的靈魂》、《雨落在全世界的屋頂》、《夜奔》等詩集。編有戴洪軒音樂文集《狂人之血》。

輕度發燒友，深度愛樂者，結合古典樂和現代詩，融為新詩歌；寫下一系列地景詩，嘗試為現代山水立傳。

▌ 關於本詩

這是一首思念母親的詩。

我的父母來自廣東豐順的客家莊。母親離世時，正當桐花紛紛開且落的五月，其後我寫下〈天國之驛〉，夾藏著客語……

小學第一天上課，老師要大家報籍貫，我自答稱客人。不是嗎，我們都身為天地過客，走在不同的旅程，母親這位客家異鄉人，在詩裡被晚春的東風傳譯成客人，但她顯然不知道。於是，幽明一線也泯滅了。

被疼愛的賊

騷夏

被疼愛的賊喜歡洗澡
沐浴後就是全新的人
原諒自己是一種養生

被疼愛的賊吃得很飽
一人獨占糖霜編織的網
差點被孤獨撐死
就算世人對晚餐充滿敵意
他仍執意餐後要有甜點
願拿剃刀交換蛋糕

被疼愛的賊很好睡覺
他常令自己雙手反綁
示範純潔
純潔的夢有分白日和晚上
翻箱倒櫃的痛快很不一樣

他不笑的時候像搞笑藝人
笑起來像狸
道行不高的那一種

被疼愛的賊跌了一跤
看著自己逃逸的痕跡
他只有一個原則：
絕不偷竊心的產物。

《自由時報》自由副刊 2016 年 5 月 10 日

▍詩人自述

　　1978 年出生在高雄旗津，東華大學創作與英語文學研究所畢。國立臺灣文學館作家作品目錄資料評：作品內容多帶魔幻色彩，諸性別與身分之間巧妙偷渡交換，從而探索愛與自我之構成。著詩集《騷夏》（麥田）、《瀕危動物》（女書）。

▍關於本詩

　　被疼愛的賊讓我明白一個過程：詩的完成通常是因為欠缺，倘若賊的本命是偷竊，而在這道命題裡，由於被疼愛，所以可以恣意拿取想要的東西，賊的存在頓時就失去了意義了。

　　所以這首詩我想了很久，最後決定把「賊」寫成謹守規則的人，甚至有一點潔癖（被疼愛的賊喜歡洗澡），然而這個「賊」似乎只會偷走自己的欲望（常令自己雙手反綁／示範純潔），因此這與「賊」造成了一種有趣的反差了。

　　詩的最後，我讓應該要輕快的賊跌了一跤，偷的東西應該也是散落一地了吧！賊回頭檢視逃逸的痕跡，我想寫一種淒涼又荒謬好笑，熟悉又可恨的生活感。

致小鮮肉之詩

陳牧宏

我真的變成蒼蠅了
也許不是你短暫青春中
唯一的那隻
親愛的小鮮肉

很困擾你吧
我故意飛這麼低
眼神充滿炸彈
每次靠近
都想要墜機

如果我用噪音騷擾你
用舌頭恐嚇你
用寂寞侵犯你
會害怕嗎？
想要反擊嗎？
打我吧！

請用力請瞄準
我不會閃躲
制伏我在牆壁
在餐桌在地板上

在海角在天涯
請讓我繼續
為你流下
口水和眼淚

《自由時報》自由副刊 2016 年 5 月 16 日

▌ 詩人自述

1. 牡羊座，1982。
2. 精神科醫師。
3. 曾經出版詩集：水手日誌，安安靜靜。

▌ 關於本詩

獻給青春。
獻給小鮮肉。
獻給想哭的蒼蠅們。

如果讓我遇見

蔡富澧

1. 二十歲的妳
如果讓我遇見二十歲的
妳，青春正盛
一頭長髮兜住四月的臉龐
如果我認得
妳，那熟悉的臉上
會有一絲驚喜

要告訴妳，我記得
我離開的那天
妳哭了！那時我還年輕
注定該走的路
付出的代價是分離
我不後悔，卻捨不得
妳，這些年
為我的心心念念

妳說過，我鐵石心腸
不是的，在妳離開的那天
我哭著、跪著，爬進家門
脫下一身征衣，換上喪服
送妳最後一程

用我無依無助的徬徨和心痛

二十年了！如果讓我遇見
妳，在陌生的街頭
年輕的妳，我會默默
含著眼淚，凝視
夢中呼喊千萬遍的
妳

2. 十五歲的你
如果讓我遇見十五歲的
你，英姿颯爽
馳騁風雲，煥發青春的
丰采，一如那年
山上領著五千弟兄
衝撞時代的游擊

或許勸你放下手機，聽我說
勤有功，戲無益
我想你聽得進去
一如當年黃昏的站牌
你那蒼老的聲音
也許不用我說
你早知道
為人子，不能不讀書
那曾是你最深的遺憾
以及在我身上
最大的期待

我守著你，用軍旅耽誤的

假期，換你八十五年
句點上的最後一笑
沒有遺憾了
只有淚水，至今不斷

十五歲了
我想再握你的手
感受粗糙的生涯和
坎坷的紋路
尋找從我手中最後冷卻的
體溫，和血脈

註：父親母親都在農曆四月二十四日往生，前後相隔五年；我堅決相信輪
　　迴，卻不確定能不能認出今生的他們。

《聯合報》聯合副刊 2016 年 5 月 19 日

詩人自述

學習跨機械、宗教、國文;寫作跨新詩、散文、小說、武俠、評論;生涯跨軍事、文學、文化、社造;著作含詩集、散文、報導文學、佛學、論文;最新著作為《碧海連江——散落閩江口的珍珠》。最近得獎為「國軍文藝金像獎傑出貢獻獎」。

關於本詩

衷心所願,終難如願。讀一次,落淚一次。

南方孤鳥
——寫予屈原

向陽

汝企佇兩千三百年前的江邊
江中水湧攪吵汝不平的心
一路行來，上高山過溪埔
離開所愛的故鄉佮國都
一路行去，是茫霧的前途
宛然孤鳥，有樹無岫
汝的悲哀全款無地安搭
攑頭看，蒼天渺茫
越頭望，烏雲重疊
憂加愁，是汝的姓汝的名
孤加單，是汝的運汝的命
汝是一隻孤鳥，喝咻到梢聲

汝行過兩千三百年前的江邊
面色青恂恂，目神綴風咧吹
天風冷冷冷，共汝寒到呿呿嗽
江水濁濁濁，魚仔蝦仔看攏無
汝毋願綴時行，參人彈仝調
汝無愛講白賊，啉酒練痟話
燕仔佇廟堂踅過來踅過去
鷗鴉的翅展開就是規片天

掠魚人問汝哪會落魄到這款地步
無言。滄浪之水若清，會當洗我的衫
無語。滄浪之水若濁，會當洗我的跤
汝是南方的孤鳥，有屑煞無路

南方的孤鳥，汝剖腹愛國家
佇戰國年代，秦國併吞的詭計進前
有話敢講，講楚國獨立的必要
忠直進言，言百姓生活的苦楚
汝是咬住木蘭花蕊的露水
早時講煞，暗時官位就被挽去
汝是無情風雨掃落塗跤的菊花
清氣身軀，予人蹈踏到烏趖趖
汝是南方上蓋寂寞的孤鳥
夜深的時，汝的怨歎敢有人聽見
是愛佮鴟鴞佇天頂比翅雙飛
抑是欲佮雞仔佇籠仔內爭食

南方的孤鳥，汝終其尾飛入文學史
飛誠懸，汝的離騷是詩國上婿的花蕊
飛真遠，兩千外冬後我猶咧讀汝的詩
汝用楚國的話寫參中原無相仝的詩篇
寫巫靈、寫天國、寫幽都，寫出一部楚辭
汝坐踮飛龍駛的象牙車
提彩虹做七色旗，一路奏九歌
飛向西天，飛去彭咸住的居所
天風冷吱吱，國無人莫我知兮
江水白鑠鑠，又何懷乎故都
兩千三百冬後的暗暝
我佇離汝誠遠的臺灣重讀汝的詩

《自由時報》自由副刊 2016 年 5 月 31 日

▌詩人自述

向陽，本名林淇瀁，美國愛荷華大學 International Writing Program（國際寫作計劃）邀訪作家、政治大學新聞系博士。

曾任《自立晚報》副刊主編、《自立晚報》、《自立早報》總編輯、《自立早報》總主筆、《自立晚報》副社長兼總主筆，現任國立臺北教育大學臺灣文化研究所教授兼圖書館館長、臺灣文學學會理事長。

著有詩集《向陽詩選》、《向陽臺語詩選》、《十行集》、《亂》等。曾獲吳濁流新詩獎、國家文藝獎、南投縣玉山文學獎文學貢獻獎、臺灣文學獎新詩金典獎、金曲獎傳統藝術類最佳作詞人獎。

▌關於本詩

13 歲時因誤讀《離騷》而以詩人為大夢，一路走來，路漫漫近 50 年。2016 年因趨勢教育基金會推出文學劇場《屈原，遠遊中》，應邀以臺語寫詩給屈原，並於劇場中登臺朗讀此詩，這是 50 年來首次寫詩給影響我一生的屈原，用他可能聽不懂的臺語，一如我 13 歲時看不懂他的楚語，算是一報還一報了。

回家詞彙:十九條

許水富

1. 家在國家裡面
2. 家在島嶼私處裡
3. 家在祖譜角落裡
4. 家在村落地平線裡
5. 家在一紙荒唐地籍裡
6. 家在貪妄和私域裡
7. 家在出租割讓裡
8. 家在年歲囤積沉浸裡
9. 家在濃稠鄉愁裡
10. 家在輪廓想像裡
11. 家在半醉半醒搖晃裡
12. 家在過境邂逅裡
13. 家在懷舊回憶裡
14. 家在童謠芝麻開門裡
15. 家在親朋好友問候裡
16. 家在化學與物理學裡
17. 家在網路雲端裡
18. 家在拜祖祭墳裡
19. 家在真裡謊言裡

《創世紀詩雜誌》187 期 2016 年 6 月

詩人自述

　　浯江邊境小島出世，國立臺灣師大藝術學院畢，國立臺灣師大美研所結業。

　　《飢餓詩集》獲華人世界冰心文學獎第二名。詩集獲國立臺灣文學館典藏，各大專院校圖書館收藏；詩篇獲中華民國筆會譯注轉刊多次。

　　文學類著作有《叫醒秘密痛覺詩集》、《許水富短詩集》、《孤傷可樂》、《多邊形體溫》及《寡人詩集》、《飢餓詩集》、《買賣詩集》、《許水富世代詩選》、《飢餓詩學》、《中間和許多的旁邊》、《噪音朗讀》共十一本。廣告著作類有廣告經營、基礎設計、廣告學、創意設計發想、POP 基礎、字魂、工商專業書法等書。

　　書畫參展多次，臺北華視畫廊水墨書法個展，金門文化局詩畫展，臺北時空藝術會場詩書畫展兩次，日本國際水墨書法獲大獎七次。

　　現職兩棲類男人，白天教書幹活，晚上創作修心。

關於本詩

　　往返家門之間。忽然家沒有了。忽然家的一切被時空竊據而無形。漂泊的心。找不到歸宿。彷彿枝頭的侯鳥找無盡的未知。親愛的家。您剩下一扇回憶的窗。我在窗外的山路。記下一些空白的福音。

一個老人

孫維民

能夠活這麼長
真的也不容易

像一尾旗魚，逃過
很多很多刺網

像一隻雁鴨，夾帶
槍聲及風雨的記憶

（三流作家會說
你有智慧和寧靜

二流作家會說
你已變成妖怪）

行動遲緩的猩猩
口中還有尖牙

即將病死的野馬
眼裡還有凶猛

《創世紀詩雜誌》187 期 2016 年 6 月

▊ 詩人自述

　　孫維民，1959 年生於嘉義。輔大英文所碩士、成大外文所博士。曾
獲中國時報新詩獎及散文獎、藍星詩刊屈原詩獎、臺北文學獎新詩獎、
梁實秋文學獎等。著有詩集《拜波之塔》、《異形》、《麒麟》、《日
子》、《地表上》，散文集《所羅門與百合花》。

▊ 關於本詩

　　我喜歡的是另一種老人：經過數十年之後，時間使其變得溫暖、寬
容、充滿智慧。時間因此有了意義。

慾

賀婕

大概是這樣孤獨的感覺
大叔倒退為少年
無力的　浮在游泳池上

身後廁所的門一直自己鎖上又開啟　又鎖上
所有人安靜　漠視他們劍拔弩張的下體
一秒一秒
困於交通侵略式的
喇叭聲像流浪漢的口琴

紅綠燈說
3，2
1
過
還是不要
過

《創世紀詩雜誌》187 期 2016 年 6 月

▌詩人自述

賀婕，春天生，曾獲台積電青年文學、優秀青年詩人獎等。曾出版《賀春木華》（角立出版社）、《不正》（二魚文化出版社）。有詩、插畫專頁：賀婕手歪。

▌關於本詩

過還是不要過。

選擇題

林婉瑜

他臉色沉重地說：
「我們分手吧。」

這時，我應該：

1 像 KTV 伴唱帶裡的女子，化濃妝跑到海邊，
   踩高跟鞋憂愁的在沙灘上跑來跑去。

2 像 KTV 伴唱帶裡的女子，端半杯酒空望著酒杯淚流滿面。

3 提出我的抱怨：「怎麼搶我的臺詞？」

4 早點睡，第二天起床又重新變成了一個好人。

5 去圖書館看一下午尼采和康德的書。

6 飆車去淡水看海，看海時可以流三行眼淚。右眼一行，左眼
   兩行。

7 以上皆是（全部都做）。

8 以上皆不是（全部都不要做）。

《聯合報》聯合副刊 2016 年 7 月 1 日

▎詩人自述

林婉瑜，曾出版詩集《剛剛發生的事》、《可能的花蜜》、《那些閃電指向你》。

▎關於本詩

失戀後可以做什麼？一定有很多選項，是這首詩沒有列出來的。

愛，恆常是詩人們關心的主題，而且以正面表述居多。所以有天我想著，要來調侃一下這個主題。微醉的時候，歪斜身子半瞇著眼睛，從這樣的角度和視野看出去，愛會變得好笑；不愛，也很好笑。

重要筆記

李進文

聽風一句句柔軟提問比石頭硬朗重要
葉子從不大聲説自己就是一整棵樹這件事很重要
鳥兒從不強調自己會飛，這件事讓牠擁抱天空
向天邊一朵雲打招呼比登天重要
蝸牛不會想到前程還有多遠，故歲月慢，姿態靜好
兔子獨自跳跳跳比為愛喧囂重要
雪了解自己也能融化遠比吶喊春天來了重要
跟靈魂好好相處比抓著不放重要
跟一次次的念頭好聚好散比等待頓悟重要
喝一口水細細體驗比杯子擁抱滿滿的水重要
以後當個人比從前做過好人重要
痛苦的樣子比人生做做樣子重要
冷笑有時比熱心重要
宇宙再大都比不上一小聲我喜歡你重要
喜歡過了比活夠了重要
詩人能在詩中失蹤這件事對寫詩很重要
重要的，不是想什麼，而是成為什麼
重要的，不是點燈，而是關燈後暗中感覺到的

《聯合報》聯合副刊 2016 年 7 月 20 日

▌詩人自述

　　李進文，1965 年生，臺灣高雄人，現任聯合文學出版社總編輯，著有詩集《一枚西班牙錢幣的自助旅行》、《除了野薑花，沒人在家》、《長得像夏卡爾的光》、《靜到突然》、《雨天脫隊的點點滴滴》等多部詩集；另著有散文集《微意思》《如果 MSN 是詩，E-mail 是散文》、美術詩集《詩與藝的邂逅》、動畫童詩繪本《騎鵝歷險記》及《字然課》等。曾多次獲時報文學獎、聯合報文學獎、臺北文學獎、臺灣文學獎、林榮三文學獎、文化部數位金鼎獎等。

▌關於本詩

　　人生以詩備忘。

彼得堡　畫夢記

楊澤

a 致杜思妥也夫斯基
所有城市是同一座永恆城市
所有人生是同一輪夢幻人生

我今天見到你了
我今天見到你的城了！

杜思妥大爺
你原是那老天使之一！

就在那北國夜幕前
那一襲哦藍得，透明得

不思議的白夜天空下
就在你街角的小酒館

那怪風定時襲人的運河橋邊
彼得堡疑似，疑似就是了

仍一逕播映著當年
來自你魔幻筆端

由一群美女與野獸
罪人聖徒及藝術家

連袂演出，一齣齣
明知呀，生年不滿百

卻懷千歲憂的故事……

b 致布勞斯基
詩人你說，這是座
水與石頭的老城

倒影，塔影重重
傾向耽溺，也傾向沉思

在旅人大清早蝟集的用餐室
我偕彼得堡的幽靈對坐，細數

那刻在他凹陷額前
也刻在你流放者額前

那些啊老天使的名：
從果戈理到杜思妥大爺

從普希金，到你鼎鼎
有名的教母，阿赫瑪托娃

寫出那涉江采芙蓉的長詩
用資悼念所有逝者的偉大女詩人

晚年以黑天鵝孤挺之姿
獨對涅瓦修道院的塔樓倒影……

當我如斯枯坐，出神久久
用餐室老早人去樓空

只剩我和歷史：那猶自
怒睜著恐怖人臉的貓頭鷹……

c 致尼金斯基

我在瑪林斯基劇院尋你
卻在後臺找到一口古老的鐘

噢，尼金斯基！
我知道，你絕非這世上

哪個尼金的小孩
也並非，你老愛在日記上嚷嚷的

上帝的小孩或小丑！
你是屬於你自己的，靈與肉

澈頭澈尾，孤零零，屬於
你自己，及全人類未來的

啊未來的小孩！
一直在飛躍！一直在奔跑！

在那鬧哄哄，上流社會
舞廳的上空旋轉！且屢屢

與永恆擦身而過
你來去如風，原是那

十九世紀歐洲浪漫的化身
卻又像極了，集所有

奇特的纖細敏感，粗俗蠢笨
高雅與聖愚於一身的

俄羅斯藝術家原型！
噢，尼金斯基！

你是最早，也是最後的異端
最早，也是最後的聖徒

從遙遙夜空，流星般
劃過現代文明的荒原

將帶人類呀
去向何方……

d
所有城市是同一座永恆城市
所有人生是同一輪夢幻人生

罪人聖徒及藝術家同在
老天使猶殷殷眷顧

不忍遽離的彼得堡啊
你的水與石頭

你的重重塔影，倒影
每一個，再平凡不過的

人生瞬間：竟也都是
最最奇幻，最靠近

那永恆的……

後記：此詩草成於一六年彼得堡旅次，初履斯土的興奮與感動下，此作很
　　　快變成我積數十年單相思未發的「俄羅斯文學情書」，詩中因此嵌
　　　入大量典故掌故，一時恐怕無從，亦無須一一作註。
　　　一定得在此一提的是，此行有幸與編舞家林懷民及雲門舞者同遊，
　　　大大催化了我的俄羅斯情懷。過去十年間，雲門奇蹟式地一再受邀
　　　赴俄表演，這回首度彼得堡登台，在亞歷山大劇院演出舞碼《白
　　　水》《微塵》，座無虛席，備受矚目，尤其以蕭斯塔柯維奇音樂入
　　　舞，引得不少俄國觀眾為之癡狂不已。
　　　我的想法是，雲門的受寵是個信仰問題，與俄國文藝向來的核心，
　　　今天猶一逕未過時的「詩的信仰」，其實息息相關。我恭逢其盛，
　　　一時手癢，乃有此詩。

《聯合報》聯合副刊 2016 年 7 月 25 日

詩人自述

上世紀五〇年代生，成長於嘉南平原，七三年北上唸書，其後留美十載，直到九〇年返國，定居台北。已從長年文學編輯工作退役，平生愛在筆記本上塗抹，以市井訪友泡茶，擁書成眠為樂事。

關於本詩

留白。

公寓春光明媚

達瑞

昨夜至少各樓有夢
懸念推門而入,
離開的聽說另有其人
晨後春光遼闊
牆縫終將生成犄角,
公寓是呼應共生的室內樂
速率是絕對的
愛恨等速並行,
永遠有人來得及
在故事裡換氣,
「不回來嗎?」「今天在嗎?」
「多說些他的事。」
水草色的時間
被摺疊於傾斜的桌腳下,
此刻無人,記憶的格局蔓生枝節
陽臺的盆栽自成宇宙,
光影翻動中的年歲
更深了,並且緩緩起身
積累一種寬慰與祕密的溫柔,
當景物持續異動,
各樓窗外仍為城市
的總和,而遙遠之外

擁擠擁擠的生命，
至少保有了寄件備份
與失物招領處

《聯合報》聯合副刊 2016 年 8 月 24 日

▍ 詩人自述

　　達瑞，本名董秉哲，1979 年生。真理大學臺灣文學系畢業。作品曾入選年度詩選、年度小說選，曾獲聯合報文學獎新詩大獎、小說評審獎，時報文學獎新詩評審獎等。

▍ 關於本詩

　　或因已邁入前中年期，更性喜久待熟悉的屋內，無所事事，光陰耗費，僅只倚賴床被，一邊感受手心貼合床鋪的棉柔質感，彷如一件可掌握的事實；而若某光滲入，半明亮的手背上便有著過往未曾、未能知覺的隱微之差，最近我明白，那是比一秒一秒更細緻的時間。

嬰啼
—— 布魯塞爾恐襲現場，2016.03.22

非馬

1

這一聲呼天搶地刺耳的嬰啼
是一條越拉越長的臍帶
連接過去與未來
綿綿仇恨的
黑洞

但願接生婆
及時驚醒
一刀剪
斷

2

拉著
從仇恨的硝煙裡響起的
一聲長長的淒厲警笛
救護車
載著血肉模糊的人類
向宇宙的急救站
疾駛過去

但願在抵達前
還沒太斷氣

《笠詩刊》314 期 2016 年 8 月

▌ 詩人自述

　　非馬，本名馬為義。出版有 23 本中英文詩集（包括 2015 年在巴黎
出版的漢英法三語詩集《芝加哥小夜曲》），3 本散文集及多種翻譯詩文
集。他的詩被收入上百種選集及臺灣、中國、英國及德國等地的教科書並
被譯成十多種語言。主編《朦朧詩選》、《顧城詩集》、《臺灣現代詩
四十家》及《臺灣現代詩選》等。曾任美國伊利諾州詩人協會會長。現居
芝加哥。

▌ 關於本詩

　　非馬一向喜歡用新聞題材入詩。他發現，每一件新聞的背後，都拖著
長長短短濃濃淡淡的時代與社會的影子。這首詩是他在 2016 年 3 月 22 日
聽到電視新聞報導恐怖份子攻擊布魯塞爾機場及車站，炸死了三十多人。
騷亂中一個嬰兒尖銳的啼聲，使他含淚提筆寫下了這首詩。

描述恐懼的方式

夏夏

當我提出這個問題時
一旁的孕婦捧著肚子哭了
也許在過去的九個月中她已習慣捧腹
像無處放下的麵粉袋
恐怕飢餓隨時到來

但我也想用色鉛筆描繪當季水果
穿著新買的靴子踩過水窪
談論午餐的菜色、新年計畫

拒絕起床後的梳洗
用刀片剃鬍子
要是沒有熱騰騰的水氣模糊視線
我害怕直視鏡中的自己：
是老婦、少年、腐敗的有機體、超載的容器
於是一再拖延
從清晨至午後，傍晚至深夜
在棉被中獨占黑暗的呵護
不願下床

（為了不再失去
雙拳緊握
掐死撲火的飛蛾）

收藏蛋糕上的生日蠟燭
焚燒日記
喜悅、滿足化成刺鼻的塵煙
我恥笑紀念日
月曆上剩下寥寥無幾的日期

有人喜歡談論星象
計算命理的數學難題
在似是而非的聲浪中拋售鮮豔的情感
以愛為名的糖果紙
三言兩語便想打發觀眾
故作憂愁是最時尚的打扮

尺規界定出邊界
圓規畫出不容置疑的和睦
你和我的區別有整齊的劃分

無法更改的書名
扉頁之後是陌生語言的街道
只有音節是熟悉的
三拍子和四拍子混合舞曲

死亡穿著燕尾服堅持向我邀舞
親友組成一支樂隊
有行進的步伐
不一會兒又滑溜地後退
最後我祈求牠的親吻
在我的葬禮上祝賀牠的誕生洗禮

《聯合報》聯合副刊 2016 年 9 月 5 日

▌詩人自述

　　著有小說《末日前的啤酒》、《狗說》、《煮海》、《一千年動物園》。詩集《小女兒》、《鬧彆扭》及《一五一時》詩選集、《氣味詩》詩選集。

　　戲劇編導作品「小森林馬戲團」、「煮海的人」以及戲劇聽覺作品「契訶夫聽覺計畫」。

▌關於本詩

　　對新奇事物的期盼，隨著年齡漸長而消退，取而代之是熟悉感。

　　這份熟悉包含對外在事物以及自身的理解，特別是對恐懼的理解。

　　理解了恐懼無法超越，描述恐懼亦未能消減不適，只能相伴。然而「患難生忍耐，忍耐生老練，老練生盼望」，於是期盼之情又自絕境中油然而生，並且剔除了多餘的矯飾，簡樸而純粹。

深夜烘焙

侯馨婷

就像說到可麗餅就想到
橙酒，烈燄，櫻桃，蘋果
Mascarpone，鮮奶油與打發的
白泡沫，巧克力，冰淇淋

就像說到夢就想到
小憩，溫柔，繽紛，掉落
與可怕的可恨的似曾相識

就像聽到那段音樂
靈魂就被抽走
真空了好長的時間
真心想見與不想見的
都聽見了聽見了

如何就像永恆的斷面
切開就像是自己的自己
在鏡子裡成為關鍵
撫觸盤中散珠

點亮就像是此刻
專注做著某事

燒著光影光陰光影
恍恍推開別人的自己
昏寐擁抱別人的自己
難以忘懷的自己
專注得忘了

就像坐在吧檯
有人端來如許滋味
每吃一口就想掉
一滴相配的眼
與歡喜的淚

註：Mascarpone 一種奶油起司

《人間福報》副刊 2016 年 9 月 8 日

▌ 詩人自述

　　侯馨婷 thorn。靜宜大學中文系畢，高師大視覺設計研究所碩士班畢。作品散見詩刊等，曾入選高雄公車燈箱詩獎、生命教育繪本獎、牯嶺街創意市集攤位等。自製詩集《海豚手卷》、《囤積秘密的蟻句》，2011年於逗點文創出版繪本詩集《小人書》。原畫與詩受邀於 2014 至 2015 年高雄市立美術館「詩與藝手牽手」展覽展出、並主持兒藝工作坊等。

▌ 關於本詩

　　剛出社會時去買了打蛋器準備來做蛋糕等等，但實際上我遲至 2016年才開始動手做烘焙，而且頗喜歡在夜深人靜時預熱烤箱，攪麵糰、打蛋白、捏餅干、看可愛的蛋糕膨起。如同〈深夜烘焙〉此詩，萬事萬物都有它外象內所蘊涵的無限意義、意象，顏色、音節、形狀、香氣……而詩能穿梭這些，神秘地將生命與情感端到面前。

自雄

紀小樣

又是一間賣南瓜濃湯的小館
午後，我在冷氣最旺盛的暗角
看著蕾絲窗簾舔盡最後一道斜陽

銀匙攪拌白胡椒與龍蝦肉末的時候
我想起了父親　　他曾否沉浸在
母親懷我的喜悅中……他會不會
猜測　　三十年後我在這裡的模樣
──跟他一樣　　蹺著二郎腳
為等待一片月光而心焦

在賣南瓜濃湯的小館，大家心照
不宣──攝護腺總是比慾望腫脹？
隔音如此良好的包廂　　聽不見
捕魚人墜海的驚呼與浪濤……
而饕餮多好　　在這裡，將會
積聚許多政商　　哄你　　小火爐
蒸開了沾抹青春費洛蒙的花瓣
前此我的詩人兄弟
也曾在此掩埋
「玫瑰的破綻」

你聽：有生蠔努力攀爬上岸
剖心界定——珍珠的價格
而蚌貝卻必須一再隱忍
……痛與憂傷……

不再；不再需要眼淚了。
備忘錄總是忘了忌日那一欄
父親啊　死前並不知道
我所有的苦衷與小三……
當然！我也不需要知道他的
我們假裝無知——各自完成
又各自隱瞞自己的
顧盼……

《聯合報》聯合副刊 2016 年 9 月 19 日

▌ 詩人自述

　　紀小樣：本名紀明宗，1968 年生，臺灣省彰化縣人，是長久被現代詩通緝的現行犯，曾經蹲過《十年小樣》、《極品春藥》、《橘子海岸》、《啟詩錄》……等九座囚禁詩的苦牢；目前擔任文字鬱、文字魅、文字囂……等無限公司典獄長。曾以私人身分到過全國優秀青年詩人國、年度詩人國參訪。

▌ 關於本詩

　　時間把我們往兩端拉扯
　　左顧，親情已渺；右盼，愛情不來。
　　所有的隱瞞都麼頹唐無力了！
　　就算是命運場上鬥敗的公雞

也要闊步昂首　振翼拍翅──用口水
噴祂個滿天星光……

秋天的世界

羅任玲

那些年夏天
母親腳踏著縫紉機的下午

我在午夢後面撿拾著
白雲和蟬聲的拼布

小碎花高音、格子中音
更多時候也只是靜靜看著

忽然就飄起來的微風
母親好看的背影

院子裡收穫玫瑰的芬芳
吹動剛剛睡醒的記憶

秋途久久不來

海的窗簾飄了一個夏天
漸漸飄成黃昏的顏色

而今母親踩踏著晚霞的縫紉機
用背影織出飛鳥給我看

（玄祕，永恆，未曾命名）
秋天的世界空掉了一半

那麼幽深的洞穴
只有蟬聲

在黑暗中嘶鳴

《聯合報》聯合副刊 2016 年 9 月 22 日

▎ 詩人自述

　　羅任玲，臺灣師範大學文學碩士。曾獲梁實秋文學獎等。著有詩集《密碼》、《逆光飛行》，詩攝影集《一整座海洋的靜寂》，散文集《光之留顏》，評論集《臺灣現代詩自然美學》。2017 年將出版詩攝影集《初生的白》及散文攝影集《雪色》。

▎ 關於本詩

　　留白。

彼陣
——悼念吾師：臺語文學先行者廖瑞銘教授

李長青

彼陣，你是一粒有硞硞（tīng-khok-khok）
的石頭，你講天色
有光有暗，天氣有寒有熱
天命者，嘛有順佮逆

但是你是一粒有硞硞的石頭
身軀頂的紋路
絕對袂去
精差著應該有的角度

彼陣，你是一蕊飄撇
的烏雲，你講天色
有厚有淺，天氣有長有短
天命者
有時曠闊有時齷齪（ak-tsak）

但是你是一蕊飄撇的烏雲
身軀內底
溢滿滿
心事的大湧

彼陣，你已經是
一葉無聲
的船仔，天色是你
有清有霧，天氣是你
有透風嘛有雺雺仔
雨，天命是你
有時歡喜有時傷悲

你已經是一葉無聲的船仔
天佮地，攏融做純情的海景
某囝佮眾人
對你深深深深沉沉沉沉的
思念，攏化做……
溫馴的流水……

後記：因為寫作台語詩而認識廖瑞銘老師，但要到 2006 年我重做學生就
　　　讀中興台文所修了老師的課，才與老師比較熟稔。彼時，老師在中
　　　興台文所兼課，我曾修過老師兩門課：「鄉土書寫的理論與實務」
　　　以及「台灣現代戲劇專題」，見識到老師在台語文學的研究之外，
　　　不同領域的涉獵與專長。此後，我仍持續台語詩的閱讀與書寫，因
　　　而與老師常有機會碰面。
　　　老師走得太突然，讓許多人都感到非常不捨。祈願老師在另一個世
　　　界，自在，寬心，無慮無憂。

《自由時報》自由副刊 2016 年 9 月 28 日

▍詩人自述

　　生於高雄，定居臺中。《臺文戰線》同仁，社團法人臺中市文化推廣
協會理事，靜宜大學閱讀書寫創意研發中心文思診療室駐診作家，財團法
人吳濁流文學獎基金會董事。

　　著有詩集《落葉集》、《陪你回高雄》、《江湖》、《人生是電動玩
具》、《海少年》、《給世界的筆記》、《風聲》等。

▍關於本詩

　　關於此詩，請參詩後記。無限的懷念，都將化成日常有情的風景。

○

方群

天○○，地○○
有神就○，有錢也○
只有愚蠢的善男信女
冥頑不○

空的是○，滿的是○
轉動是○，停留也○
我們牽手是○，分手就不○

在上帝的腦子，有○
在亞當的腦子，沒○（夏娃也是）
寫作的幾個，可能有○
閱讀的那些，絕對有○

《吹鼓吹詩論壇》26 號 2016 年 9 月

詩人自述

　　方群，1966 年生，輔仁大學中文所碩士，臺灣師大國文所博士，現任國立臺北教育大學語文與創作學系教授，《臺灣詩學學刊》主編。創作曾獲：臺灣省文學獎、聯合報文學獎、中央日報文學獎、時報文學獎等獎項。著有詩集：《進化原理》、《文明併發症》、《航行，在詩的海域》、《縱橫福爾摩沙》、《經與緯的夢想》及《微言》等。

關於本詩

　　○是一個圓滿的符號，可以從它的外型，找到一個比較接近的讀音，也可以視作一個開放的框框，填上認為應該寫上的字。

　　○是開始，○也是結束；○是不可或缺，○也是可有可無。

　　○是題目，○也是詩作；○是形式，○也是內容。

　　「寫作的幾個，可能有○／閱讀的那些，絕對有○」，你覺得如何呢？

推遲

靈歌

你的影子
即將疊上我的
我只能停步，或者
後退

分針拉住時針
在你後旋的指尖
將約定倒回

是不是
派遣夢，將我肢解
是不是，影子圍起囚車
將我遣返邊界

退無可退的日子
自地面消失
空中沒有雲影
海上沒有浪尖

我推遲所有的光
埋入地底的暗
沒有聲音可以

抽搐

《野薑花詩集》18 期 2016 年 9 月

▌ 詩人自述

靈歌，世新編採科畢。

吹鼓吹詩論壇副站長，野薑花詩刊副社長，創世紀、乾坤詩刊同仁，曾獲洪建全兒童文學獎。作品選入《2015 臺灣詩選》（二魚文化）、《水墨與詩對酌》、《小詩，隨身帖》、《水墨無為畫本》、《臺灣現代詩手抄本》（張默主編）。著有《漂流的透明書》、《夢在飛翔》、《雪色森林》、《靈歌短詩選（中英對照）》等詩集。

▌ 關於本詩

光影拉扯的人世，時間主宰，夢與現實都是無奈。
自繁華退隱，寧可赤裸，推遲虛假的光彩。

澄清湖
——記畢業旅行

朱國珍

這名字太美
美到不適合分手
而我們還是走到這裡
懷抱夢與想
欲望妳,如妳的名字澄明
清澈,讓我映入
舞出相擁的倒影
當我們努力穿越彎彎曲曲的橋
為妳登上高塔,為妳越過丘臺
在荷花池邊涼亭左側第七棵樹
鑴印我們的名字,糾纏
銘刻的筆畫,只能留給夏天
那一日的夏天

這名字太美
美到捨不得分手
而我們畢竟走到這裡
畢竟要走到這裡

《自由時報》自由副刊 2016 年 10 月 2 日

詩人自述

　　清華大學中語系畢業，東華大學創英所藝術碩士。林榮三文學獎散文首獎、新詩首獎、拍臺北電影劇本獎首獎、亞洲週刊十大華文小說《中央社區》。曾任臺師大講師、華視新聞主播、電視節目主持人。現任北藝大講師、廣播節目主持人。著作《離奇料理》、《三天》、《夜夜要喝長島冰茶的女人》。主編《2016飲食文選》。

關於本詩

　　這首詩，獻給7月31日高雄氣爆那天，在一起吃飯、旅遊、鍾愛的人。

歷史的深度

簡政珍

只要碰觸幾個關鍵詞
就會被認為
歷史有了深度

歷史總是躲躲藏藏
在蒼蠅徘徊的垃圾裡
在眼白與眼紅之間

書本從來不想儲存
那些噴嚏
那些黏膩的口液
那些卡在喉嚨
不知如何吞吐的
所謂歷史

《自由時報》自由副刊 2016 年 10 月 9 日

詩人自述

簡政珍，臺灣省臺北縣人，1950年生。美國奧斯汀德州大學英美比較文學博士。曾任《創世紀詩刊》主編，中興大學外文系教授、系主任，亞洲大學人文社會學院院長。現任亞洲大學外文系講座教授。著有詩集《季節過後》、《紙上風雲》、《歷史的騷味》、《浮生紀事》、《失樂園》、《放逐與口水的年代》、《所謂情詩》等十一種；詩文論集《語言與文學空間》、《詩心與詩學》、《放逐詩學》、《電影閱讀美學》、《音樂的美學風景》、《臺灣現代詩美學》、《解構閱讀法》、《第三種觀眾的電影閱讀》、《楞嚴經難句譯釋》等十九種。

關於本詩

我們經常以意識形態為著眼點，尋找關鍵詞，而以為這就是歷史，完全背離歷史真正的意涵。歷史是點滴的累積，可能漂浮成空間的微塵，可能滴落成硫酸雨，可能是在蒼蠅徘徊的垃圾裡，可能存在於人們眼白翻紅的瞬間。

歷史可能就是一個噴嚏，可能就是噴灑的口水。更可能是卡在喉嚨，吐不出來、吞不下去的東西。

三月嗩吶

路寒袖

既是媽媽，也是祖母
世上最有耐心的聽眾
信眾酸甜苦辣的心事
不要放在媽祖心上
點三柱香，讓青煙飄散
各自申請帳號，寄存雲端

媽祖廟在順天路上
搏杯順承天意
良辰吉時遠行南方
長長的嗩吶吹亮農曆三月的夜空
長長的隊伍堅定串聯月亮與太陽

月光與陽光為遶境隊伍打光
一路行來，都在安你的莊
福你的圳，祐你的田
如果微雨，也是媽祖的心意
催促作物速速趕上信眾的步履

鑼聲震震，敲醒三百公里
風調了？雨順了？
國，泰否？民，安嗎？

這一切媽祖都放在心上
並依照預定的時辰回鑾
安座在大甲的心中

《聯合報》聯合副刊 2016 年 10 月 17 日

▌ 詩人自述

　　長期從事報紙、雜誌、書籍的編輯，曾任高雄市文化局長，現任臺中市文化局長。

　　著有詩集、散文集、繪本書與攝影詩文集等近二十冊。

　　歌詞有《戲夢人生》電影音樂、潘麗麗《畫眉》、《往事如影》、鳳飛飛《思念的歌》、蔡秋鳳《生活影印機》等共計八十餘首。並舉辦過多次攝影個展。

　　曾連獲兩屆金曲獎最佳作詞人獎、金鼎獎最佳作詞獎、賴和文學獎、年度詩獎、臺中市文學貢獻獎等。

▌ 關於本詩

　　位於大甲順天路上的媽祖廟鎮瀾宮，每年農曆三月都會南行新港遶境祈福，來回長達九天八夜、三百多里的活動，早已是臺灣跟國際間的宗教盛事。近年來，在臺中市文化局的推動下，不僅年輕化、科技化、國際化，更是多元而深具文化質感。

紅尾伯勞

劉克襄

白露才過的某一黃昏
藉著微微光影翻書
牠的粗獷聲如北方民族的爽朗
捎自窗外的樹林
天色因而有些微蕭索
浸透了暑夏的氣氛

緊接，有一暗棕的閃逝身影
倏忽掠過青草地
枯黃的葉子便增加許多
預示著什麼都不必在乎
唯活著值得愉悅

內心因而有一飽滿的蒼茫
不知是喜或悲
只知被陽光的溫暖最後曬著
枉然的世事變得柔和了
那日的閱讀，因而愈發綺麗

《自由時報》自由副刊 2016 年 10 月 19 日

詩人自述

　　劉克襄，作家、自然保育工作者、公視「浩克慢遊」主持人，上善人文基金會董事長。晚近多行走港臺各地郊野，善於以獨特而深入的觀點解說，導覽各地古村老鎮和地理風貌，曾出版詩集《小鼯鼠的看法》和《巡山》等六部。

關於本詩

　　秋日小坐書房閱讀，乍聞遠方有伯勞粗啞的咔咔聲，充滿警戒。牠是每年北方最早來的候鳥，帶來天涼的訊息。年覆一年，如是四季轉換，因為感懷甚深，遂興發一詩。

過敏

林廣

為了試探對文字的敏感
我把整張臉壓進報紙副刊裡
油墨與意象的竊竊私語
竟使麻和癢同時鑽進我的毛細孔

莫非它們也在試探我的心意
文字有時比藥物或花粉更過敏
愈是不信邪，陷落愈深
即使熟睡了
依然悄悄凝成透明的過敏原
爬進昨夜失眠的臉書裡

那分明是時間留下的焦痕
一個個漂浮的影子
縮入風景明信片的背面
跟詩交換一個落淚的秘密
如果被世界拋棄。因為過敏
還能擁有透明的夢來燃燒自己

整張報紙副刊壓在我的臉上
每一文字都在洩漏體質的缺陷
並且嘲弄似的，以過敏發紅的意象

鈴印明日的千山萬水

《從容文學》7 期 2016 年 10 月

▌ 詩人自述

　　出生於臺灣南投縣竹山鎮。輔大中文系畢業。曾出版詩集《雙桅船》、《樹的象徵》、《蝶之舞》、《時間的臉譜》、《在時鐘裡渡河》，詩評《尋訪詩的田野》、《探測詩與心的距離》等。曾獲臺中大墩文學貢獻獎，太平洋詩歌節新詩創作首獎等。曾任教於立人、衛道、普臺、弘明等中學國文教師，嘉義大學現代詩兼任講師等。

▌ 關於本詩

　　〈過敏〉主要在寫一個愛寫詩的人試圖探索文字可能觸及的邊界。當寫詩的時間久了，對文字的敏感有時會降低，所寫的與想寫的意象會產生落差，不管用什麼方式都難以突破，我寫的就是這種對於文字的過敏現象。我想每個詩人在寫詩的歷程，或多或少都會經歷這樣的瓶頸。但如果沒有經歷這樣的探索，恐怕也無法以詩來「鈴印明日的千山萬水」。

並不

蕭詒徽

你知道離開漩渦的方法是不要動嗎
和離開今天的方法一樣
又是晚上
我不知道自己在哪。明明不是海
卻有那麼多浪。明明不是昨天，卻
沒有什麼不一樣。你睡了嗎
你知不知道除了明天
我們還能去什麼地方

你睡了嗎。拉開窗簾
看見別人的窗戶發出光亮
那些不屬於我們的影子
都屬於更好的形狀。又是晚上
我多怕你夢見更好的我們
然後才醒
怕你因為更好的我們而傷心
像一張地圖
讓迷路的人傷心那樣

你知道結束迷路的方法是不要動嗎
和留在昨天的方法一樣。明明不是海
有人把船永遠停在今天的房間

有人並不
有人因為放棄航行而得到幸福
有人並不。現在的我們
就是更好的我們了嗎？多怕明天
依然不過只是又一張床
然後才醒：「原來抵達
只是不再離開某個地方……」

你睡了嗎。明天早上
你知不知道自己在哪？拉開窗簾
看見自己的窗戶發出光亮——
我多怕你因為早上而傷心

像一道影子
讓稀薄的人傷心那樣。太陽出來了
你相信自己嗎？睜開眼睛
明天就在這裡
有人去了更遠的地方
有人並不
有人因為沒有得到幸福而傷心
有人並不

《自由時報》自由副刊 2016 年 11 月 8 日

▌ 詩人自述

　　寫作者、詞曲創作者。按樂團鍵盤手兼經理，餵羚羊工作室企畫文案，繪本創作團體醜天鵝文字作者，經營網站輕易的蝴蝶。以私人工作室形式承接平面設計、文案、裝幀工作。

▌ 關於本詩

　　那個十月我在臥龍二九談作品，臺下大人聽完以後當我的面撇著頭：「你不誠實。」氣憤的朋友們帶我到最近的麥當勞，「遇到壞人要先吃飽，」這樣說著替我點了大杯玉米濃湯。兩個月後，我才得知自己在深夜不斷重覆播放的 Nujabes 早在 2010 年的東京死去。是一場深夜車禍。我一直在聽的是他的遺物。

變色龍

吳鑒益

家裡很窮，為了補貼家用
你兼了幾份工作，上班前
你學我換裝，換角色
你有不同的夢想，它們像我的眼球
各轉各的
你的決心有時像爬蟲
只能蠕蠕而動，吐舌頭

打開窗，風解開了指尖
黃昏伸入犄角，牴觸了時間
你呆滯地望著一杯水
滾動的思維裡浸著一雙安靜的眼睛
彷彿所有轉折因而變得溫馴
你看著我身上橙橙黃黃的色層
說很像人生
聽覺的刀片，一天天削薄了好消息
你仍相信，黑暗的絕路裡有發亮的彎
出門前，你泡了一杯咖啡
痛苦彷彿奶球，與你調出一種優雅的比例
關上門，我看你漸漸沒入無邊安靜的夜裡

一整夜，我守候著兼差的你

爬上一節枯木，在活著吐舌頭
與死了吐舌頭之間，恬靜地平衡著
你在寵物箱鋪上一層生活的木屑
將加熱燈放置在寵物箱的上方
我發現，我的另一層我烘熠出年紀
我虔誠地祈求
繁複的我能有一次簡潔的死去

我記得你說，養我的最大樂趣
就是看我變來變去，彷彿一種逃逸
可以不被輕易地判定
可以用變化的辭令和表情
偷偷在一些流言裡，好好地藏匿廣義的自己
可是孤單活像一隻隻蟋蟀
在寵物箱裡此起彼落地跳動著
在現實裡飢餓窘迫的時候，不得不吞下
最大那一隻

你知道我只吃活的昆蟲和流動的水
你說再苦也不能苦寵物，我很感動
放生了幾隻睡意濃重的蟋蟀
夜裡就不再孤單了
天亮你會回來
發現我依偎在毫無預算的彼此邊緣
香甜地睡著，所有蟋蟀與孤單
因互咬而死得無聲無息

夢裡我醒來，看見家裡只剩四面牆壁
不久我聽見門外傳來聲息
口操臺語「要吃蒼蠅，自己捉」

原來，你已回來我們的棲息地

《自由時報》自由副刊 2016 年 11 月 8 日

▍詩人自述

生於雲林古坑。國立臺南師範學院語教系、中興大學中國文學研究所畢業。作品曾獲第六屆、第七屆宗教文學獎敘事詩首獎、教育部文藝創作獎、聯合報文學獎、時報文學獎、林榮三文學獎等。曾任中興大學中文系兼任講師,目前任教於南投縣立南投國小。

▍關於本詩

人是一組角色與身份組成的有機體,與變色龍的結構類似,當我們對著鏡子吐舌頭時,一個角色正在死亡或消逝。本詩藉變色龍的視角,描述現代社會人們的生活情狀,也許現在某個城市的角落,有個人正在感受這樣的生活。

無聲鍵盤

須文蔚

深夜如機關槍射擊嬰兒床的音響
是你熬夜編製公司報表上的數字
交響出無調音樂，無法馴服
夜啼的男高音，無法安撫
你徹夜未眠的公主。哦，父親
二十年前你就更換了無聲鍵盤，從此
終夜只有你的手指和螢幕默默交談
從未對我宣述過的苦痛與憂慮

二十年來你的眼瞳是兩面鏡子
左邊苦痛，右邊憂慮
我穿梭霜寒的關懷間
踏破日光，閃避映照與看見自身
反芻暮色，以頑固背影編織眼翳
你淚水失溫落地的聲音如腐葉
我把碎裂鏡片的尖銳劫走護身
我是冷戰中的逃兵

我是失聯中的戰士
迷途在連線遊戲裡
手指以華麗的節奏敲打鍵盤
攀爬各國神魔搭建的巨塔

跋涉神話課裡憂鬱的熱帶
惡戰黑特版飛來的吸血蝙蝠
牠們的門齒與流言一樣鋒利
從不一刀斃命，凌遲
慘遭言語霸凌的俘虜

我懷念起你的無聲鍵盤
你無語，你無言
你以沉默的千言萬語搭建一座城堡
徹夜未眠的公主以童話催眠小王子
在夢中，哦，父親
你握住我的小手描紅
在宣紙上邂逅倉頡造字時
創生的喜悅，那天
天未雨粟，夜鬼不哭
我終於聽見那聽不見的語言
你悄聲註解在我脈管與額頭上
溫柔　鼓舞　和昌

後記：為「一念不生：董陽孜移動的書法雕塑」展覽作。

《聯合報》聯合副刊 2016 年 11 月 16 日

▌詩人自述

　　臺北市人，政治大學新聞學系博士。現任東華大學華文文學系教授兼系主任。曾任《乾坤詩刊》總編輯、《創世紀》主編，創辦網站「詩路」，東華大學研發長。曾獲詩運獎、創世紀詩刊詩獎、五四獎（青年文學獎）、中國文藝協會獎章（文藝評論獎）。著有詩集《旅次》、《魔術方塊》，論述《臺灣數位文學論》、《臺灣文學傳播論》；編撰有報導文學《臺灣的臉孔》、《烹調記憶》等，並編有多種現代詩選。

▌關於本詩

　　現代人多半都面對過親子互動的僵局，畢竟忙碌的事業工作，絢爛的視聽娛樂，喧鬧的流言蜚語，佔據了大多數的時光，一旦沒有安靜與省思，親子之間也難以溝通。〈無聲鍵盤〉虛構了一對父子二十年的故事，詩中父親的慈愛，透過無聲鍵盤體現，不論是生活的苦，或是教養的期待，都以寡言或沉默待之。孩子在青春期與父親冷戰，等到自己面對網路的霸凌，突然發現最能保護自己的是無言的父親，孩子從沉靜中有所回憶，有所得，回應了曾國藩「一念不生是謂誠」的想法。

從遠方

雲 朵

向下俯看世界
世界剩下眼睛——

讓自己飛高
屋頂遠了
路。小了。
樹梢的小鳥怎麼
費盡心力在綠山頂的樹顛拍翅
繞圈子

向下，俯看世界的時候
世界的眼睛
也在看你

你便發現
風冷，無聲
失去對話
連掌聲與噓聲都是啞巴
頓時，你也沉默

大地剩下灰黑
天空是白

沒有符號
記憶燒焦成灰燼
只有你還記得
我們曾經在歷史的瞬間
畫幾筆淡淡色的墨

《自由時報》自由副刊 2016 年 11 月 30 日

詩人自述

蕎朵，李翠瑛，又筆名蕭瑤。中文博士，副教授。兩岸詩刊主編、臺灣詩學編輯委員、臺灣詩學、乾坤詩刊社員，散文曾獲全國宗教文學獎，書法曾獲全國書法比賽等。

詩作發表於報紙副刊及各大詩刊，收錄於年度臺灣詩選、生態詩選、小詩選等。詩集《玫瑰的國度》，詩論《石室與漂木—洛夫詩歌論》、《雪的聲音—臺灣新詩理論》、《細讀新詩的掌紋》、《孫過庭書譜之藝術精神探析》等。

關於本詩

從遠方俯看世界，世界便翻轉過來，人非人，物非物，重新界定角色，於是，平日執著的事情似乎沒有必要執著，在乎的人好像也被淡化了。

從歷史看世事，人何其渺小，換個角度看自己，自己不過是茫茫世間中的一粒小灰塵。不再管中窺蠡，視野可以更大，心更寬廣，世界就不一樣了。

我喜歡跳開既有的框架，從外太空的角度看我自己。

土地六書

林宇軒

不用象形
山自能轉注成瀑布
所有破碎的雲
都可以在下游重新拼湊
如果明日倒背如流

河裡的魚否認指事
他們只想好好
活著，彷彿自己不會死去
就這樣靜靜地覆寫昨日斷水的地方
像一次無目的的旅行
無所謂起點與終點

如果讀懂了水草的亂碼
請不要大聲喧譁
就讓時間假借河水
繼續沖刷老屋簷角的缺口
有些痕跡積非成是
只可會意，不可形聲

《人間福報》副刊 2016 年 12 月 28 日

詩人自述

　　林宇軒，1999 年生，現就讀臺北市立成功高中，2014 年底開始創作現代詩，作品散見各詩刊，現任喜菡文學網新詩版版主。

關於本詩

　　就順其自然吧，時間終會把我們沖刷成缺口。

瓦窯的剪影

丁威仁

（一）花窗的風景

我們無法重啟青春的原貌
只得塑形，讓喜怒鑲嵌於哀樂的
中年，跟記憶借一面雕花
的風景，懸空的雲朵像自轉的
火焰，對稱的弧線把牆面
寫成隔夜的夢境

卍字、雅字、回字、井字
或冰裂的圖騰，都是家族的刺青
他們說這是胎記，我卻將透窗的光影

視為沙漏，關在牆內的女子
一睜眼，就在鏡中望見
前世，恍如剛出窯
的紅瓦……

（二）瓦當的哀樂

筒瓦前方，我們以家徽勾勒先人的傳奇
弧形的板瓦，把流水作為光陰，沿著
家族的盛衰滴出一箇箇半圓的哀樂
一眨眼，就過了好幾次春秋
瓦脊上的悲歡依舊
繼續離合

雲頭紋、饕餮紋、動物紋、植物紋
都是史書的頓挫與標點，煉瓦場
的血色，成為時代滾動的註腳

失去光澤的拙樸，於國境
南方，變成廟宇屋簷
的角質，等待文創……

（三）土角的背脊

我們是埋在磚底的一株植物
彎腰卻未失風骨，像是土角磚質樸
的面目，擁有堅固的臂膀
被日子灼傷的痕跡佈滿紅色的
軀體，就算是苦悶的季節
依然堅持擋風避雨

稻穀、石灰、虹霓以及那些被人
遺棄的稻草，都是我們的國
我們戀家的領土，土角磚的孤獨
來自於風霜的吻痕，時間並非
刑場，而是一次測試，一種
苦其心志的發音。

（四）燕尾的隱喻

煙燻的暴雨，斜斜打在素燒的
背脊，一種純粹的語法
或者修飾，有人說它是尊貴
的紋路，最接近神的象徵

「如鳥斯革，如翬斯飛」

黑色的意象裡，我看見動態的舞姿
燕尾磚像是牆面的暗礁，把返家
的旋律鋪出一片療癒的長堤
漂泊的年代裡，我們
把鄉愁燒了進去

練習讓思念成為隱喻。

《聯合文學》386 期 2016 年 12 月

▍詩人自述

丁威仁（1974-），生於基隆，寓居於臺中與臺北兩地，現任國立新竹教育大學中文系副教授。已出版詩集《末日新世紀》、《新特洛伊。NEW TROY。行星史誌》、《實驗的日常》、《流光季節》、《小詩一百首》。論著《戰後臺灣現代詩的演變與特質（1949-2010）》、《三曹時代北地文士「惜時生命觀」研究》、《明洪武、建文時期地域詩學研究》、《輕鬆讀文學史・現代篇》、《明代前期《詩經》學的詩學詮釋》等書。

▍關於本詩

就讓磚瓦的一生，帶我們見證島嶼的風霜與記憶。

壞掉

柯嘉智

你說你就要壞掉了
再等一下
再等我一下下
我還不夠壞
還沒完全融化
凝固成世界要的形狀

暴走的怪物們都安靜下來
我們同時變形好嗎

趁秋天還沒唱完那隻哀歌
最後一片樹葉
踮起腳尖
向天空最深處延伸手臂
翻騰
轉體
和壞掉的世界一起
反身下墜

《創世紀詩雜誌》189 期 2016 年 12 月

詩人自述

　　國立政治大學廣告系畢業，國立高雄第一科技大學風管系、財管系雙碩士，任職磐石保險經紀人高雄據點負責人。梁實秋文學獎與聯合報文學獎散文首獎得主，出版「格林威治以外的時間」、「告別火星」二書。

關於本詩

　　「壞掉」原本是形容物體的外部形態或內部結構的損壞，比如手機掉到地上摔壞掉了，比如飯菜放久了而壞掉了。ACG 次文化中，這一詞語則多應用在登場角色身上。壞掉大致上可以分成三類：第一類是物理上的壞掉，第二類是心理上的壞掉，第三類是色情意義上的壞掉。

　　（摘自萌娘百科 https://zh.moegirl.org）

一排垂柳的鄉愁

張默

一排排喜歡彎腰的楊柳
在故鄉的水塘兩旁，小立
並且，詩興大發
俱以輕飄飄比雪花還要柔軟的姿勢
染織當下每一寸無為的土地
有幸，我是夢中唯一的觀者
被他無心彩繪的勝景，鎮住了

故而我突生奇想，以自己細小的手掌
深情地，熱烈地，把它們
一片片，一片片的握住
緊緊緊緊的握住，不放
結果到頭來，卻是啥也沒有
它，如絮，如水，如雨俱在我的手心裡滴答著
莫非這就是我四十年來未回來，被凝固了的鄉愁

——2016 年 2 月中初稿，8 月中定稿

《創世紀詩雜誌》189 期 2016 年 12 月

　　張默，本名張德中，1931 年 2 月干日生，安徽無為人，1949 年 3 月，自南京經上海，乘中興輪來臺灣，除在海軍服務 22 年，以此退役。寓居臺北內湖已達 30 年，曾創辦《創世紀》詩雜誌，於 2014 年 10 月，將 60 年的老詩刊交給汪啟疆、辛牧、落蒂三人續編。著有詩集《落葉滿階》、《獨釣空濛》、《水汪汪的晚霞》、《水墨與詩對酌》等二十餘種。一生為臺灣現代詩耕耘，無怨無悔。

關於本詩

　　這首詩題目本身足以說明一切，我就不再細說了。

秋千架上

零雨

1.
時間　在秋千架上——

那裡來了小姐和婢女
她們盪了幾下
聊了蝴蝶，繡樣
時行的夏衫

花園某一處，蓊密的樹叢裡
異樣的汁液
發出一種味道

她們漸漸趨近
但又繞開

回到秋千架，盪著
無心盪著，聊著花帕
帊巾，廚婆的作料

異樣的汁液
在那黝暗空間發酵
點狀　線狀　變幻

為人形

他騎著馬，準備走過牆頭
他將看到這一切

2.
花園的祕道
月亮門後面
一匝繞牆的無名花草後面

輕裘白衣的男子騎馬經過
牆裡丟出一塊縐紗
一串荔枝

女子的髮簪影影綽綽
在秋千架後面──

一場烈火讓那男子那女子
從例行生活中逃脫

異樣的眼光一路跟隨了
幾百里幾千里
（──啊時間的作弄──）

那剛毅的女子
她有一個美夢──
關於幸福家庭的定義

但那郡王說我早已把你們
埋在後花園

為了你們，故事裡所有的人
都死了——

（——除了那發號施令的郡王——）

那郡王是世襲的
那故事也是世襲的

——他將看到這一切，並且
觸到一些餘溫
在秋千架上——

《吹鼓吹詩論壇》27 號 2016 年 12 月

詩人自述

　　零雨，臺灣臺北人，臺灣大學中文系畢業，美國威斯康辛大學東亞語文研究所碩士，哈佛大學訪問學者。曾任《國文天地》副總編輯、《現代詩》主編，並為《現在詩》創社發起人之一。1992 年開始任教於宜蘭大學。

　　著有詩集：《城的連作》、《消失在地圖上的名字》、《特技家族》、《木冬詠歌集》、《關於故鄉的一些計算》、《我正前往你》、《田園／下午五點四十九分》等七種。詩選集：《我和我的火車和你》、《種在夏天的一棵樹》。翻譯：《無形之眼》。

關於本詩

　　留白。

歷屆年度詩獎得主一覽

◆ 1992　瓦歷斯・諾幹

◆ 1993　零雨

◆ 1994　許悔之

◆ 1995　汪啓疆

◆ 1996　蘇紹連、侯吉諒

◆ 1997　大荒、詹澈

◆ 1998　唐捐

◆ 1999　杜十三、紀小樣

◆ 2000　隱地、李元貞

◆ 2001　洛夫、宋澤萊

◆ 2002　周夢蝶、路寒袖

◆ 2003　米羅卡索（蘇紹連）

- ◆ 2004　陳育虹

- ◆ 2005　南方朔

- ◆ 2006　李進文

- ◆ 2007　商禽

- ◆ 2008　張默、鴻鴻

- ◆ 2009　陳克華

- ◆ 2010　陳黎

- ◆ 2011　楊牧

- ◆ 2012　鯨向海

- ◆ 2013　席慕蓉

- ◆ 2014　林婉瑜

- ◆ 2015　李長青

- ◆ 2016　隱匿

二魚文化　文學花園　C143

2016 臺灣詩選 *The Best Taiwanese Poetry, 2016*

主　　編　焦　桐
責任編輯　李亮瑩
美術設計　周晉夷
內頁排版　龍虎排版
行銷企劃　郭正寧
讀者服務　詹淑真

出 版 者　二魚文化事業有限公司
發 行 人　葉珊
　　　　　地址　106 臺北市大安區新生南路二段 2 號 6 樓
　　　　　網址　www.2-fishes.com
　　　　　電話　(02)23515288
　　　　　傳真　(02)23518061
　　　　　郵政劃撥帳號　19625599
　　　　　劃撥戶名　二魚文化事業有限公司

法律顧問　北辰著作權事務所、林鈺雄律師事務所
總 經 銷　黎銘圖書有限公司
　　　　　電話　(02)89902588
　　　　　傳真　(02)22901658

製版印刷　彩達印刷有限公司
初版一刷　二〇一七年三月
I S B N　978-986-5813-88-8
定　　價　二六〇元

國家圖書館出版品預行編目 (CIP) 資料

2016 臺灣詩選 / 焦桐主編.
-- 初版 . -- 臺北市：二魚文化，
2017.03.184 面；14.8x21 公分 .
-- (文學花園；C143)

ISBN 978-986-5813-88-8 (平裝)

831.86　　　　　　　106002604

贊助單位／臺北市政府文化局

一魚文化